दस प्रतिनिधि कहानियाँ

ममता कालिया

किताबघर प्रकाशन
नयी दिल्ली

दस प्रतिनिधि कहानियाँ सीरीज़

10 प्रतिनिधि कहानियाँ

ममता कालिया

प्रकाशक
किताबघर प्रकाशन
4855-56/24, अंसारी रोड, दरियागंज, नई दिल्ली-110002
फोन : 011-23266207, 41584421, 7827720848
E-mail : kitabgharprakashan@gmail.com
www.bookshindi.com

द्वितीय पेपरबैक संस्करण : 2024

आवरण : रवि शर्मा

मूल्य : दो सौ पचास रुपये

मुद्रक : राष्ट्रीय प्रिंटर्स
नवीन शाहदरा, दिल्ली-110032

DUS PRATINIDHI KAHANIYAN *(Hindi)*

by Mamta Kaliya

Price : ₹ 250 (Paperback Edition)

ISBN—978-81-7016-723-5

कहाँ मैं, कहाँ मेरी कहानियाँ

रचना हमारी प्रतिनिधि होती है अथवा हम रचना के प्रतिनिधि होते हैं, यह मैं आज तक तय नहीं कर पाई। कहानी लिखते समय कभी एहसास नहीं होता कि यह हमारी या हमारे समय की पहचान बनेगी। रचना-प्रक्रिया के अपने आंतरिक दबाव होते हैं, जैसे भूख, प्यास और नींद के। लड़कपन से अब तक मेरे साथ एक बात है—मुझे जो कुछ भी होता है, बड़ी ज़ोर से होता है। भूख लगेगी तो इतनी ज़ोर से, प्यास लगेगी तो गला चटक जाएगा, नींद आएगी तो बैठे-बैठे सो जाऊँगी। यही हाल कहानी लिखने का है। दिमाग में अनार की तरह छूटती है कहानी। उसके लाल, हरे, पीले, नीले रंग उड़ रहे हैं, ऐसे कि गिनने में नहीं आ रहे। एक कहानी के चार-चार शीर्षक सूझ रहे हैं—कहानी रसोई में सब्ज़ी जला रही है, संवाद में श्रवणशक्ति चुका रही है, बिस्तर पर नींद उड़ा रही है। एकदम सुनामी लहरों की तरह प्रलयंकारी वेग से आती है कहानी और फिर उतनी ही तीव्रता से वापस हो जाती है। सुबह मस्तिष्क का तट ऐसा वीरान पड़ा होता है कि वहाँ घोंघे और सीपियों के सिवा कुछ नहीं होता। जब मैंने लिखना शुरू किया था तब इस किस्म के फ्लैशेज़ बहुत अधिक आते थे और मैं सोचती थी, एक दिन मैं अखबार निकालूँगी—'ममता टाइम्स'। हमने प्रेस भी लगाया, अखबार भी छापे, लेकिन वहाँ से 'ममता टाइम्स' नहीं निकला। मैंने भी अपना इरादा ताक पर रखकर अपनी आधी ऊर्जा नौकरी में लगा दी। मेरे दिल-दिमाग का बावलापन ही मेरी रचनाओं का सबसे बड़ा कारण और कारक रहा है। जब मैं अन्य रचनाकारों का स्टडीरूम देखती हूँ तो दंग रह जाती हूँ—दुर्लभ एकांत, करीने से लगी पुस्तकें, सलीके से बिछा बिस्तर, कंप्यूटर और इंटरनेट सुविधा, कॉफी का इंतज़ाम।

मैंने अपनी कहानियों को ऐसी पृष्ठभूमि का ठाट-बाट नहीं दिया, लेकिन हर हाल में लिखा—घर में, कॉलेज में, रेल में, रिक्शे पर; हर उस जगह, जहाँ आसपास जीवन था। बहुत अधिक साफ-सुथरे, सलीकापसंद माहौल में मेरी रचना-प्रक्रिया ठिठुर जाती है।

मेरे विचार से एक लेखक अपनी सृजनात्मक प्रक्रिया को जितना समझता है, उससे कहीं ज़्यादा उसे उसके अग्रज रचनाकार समझते हैं। समय-समय पर कई वरिष्ठ और साथी लेखकों ने मेरी रचना-प्रक्रिया पर आश्चर्य और आक्रोश दोनों प्रकट

किए हैं। श्री उपेंद्रनाथ 'अश्क' में यह विशेषता थी कि वे नए से नए लेखक को पढ़ते थे और अपनी राय देते थे। उनके शब्दों में—"मैं यही कह सकता हूँ कि ममता की रचनाओं में अपूर्व पठनीयता रही है। पहले वाक्य से उसकी रचना मन को बाँध लेती है और अपने साथ बहाए लिए चलती है, कुछ उसी तरह जैसे उर्दू में कृशन चंदर और हिंदी में जैनेंद्र की रचनाएँ। यथार्थ का आग्रह न कृशन चंदर में था, न जैनेंद्र कुमार में, लेकिन ममता रूमानी या काल्पनिक कहानियाँ नहीं लिखती, उसकी कहानियाँ ठोस जीवन के धरातल पर टिकी हैं। निम्न-मध्यवर्गीय जीवन के छोटे-छोटे ब्योरों का गुंफन, नश्तर का-सा काटता तीखा व्यंग्य और चुस्त-चुटीले जुमले उसकी कहानियों के प्रमुख गुण हैं। ममता की बहुत अच्छी कहानियों में तीन-चार कहानियों का मैं विशेष रूप से उल्लेख करना चाहूँगा—'वसंत—सिर्फ एक तारीख', 'लड़के', 'माँ' और 'आपकी छोटी लड़की'।"

अगर सूचना विज्ञान में ऐसा कंप्यूटर निकल आए जो हमारी दिमागी प्रक्रिया को ज्यों का त्यों मॉनिटर पर उतार दे, तो यकीन मानिए, मेरी रचना-प्रक्रिया का ऐसा पेचीदा संजाल सामने आए कि मैं खुद उसका विश्लेषण न कर पाऊँ। कोई ऊर्जा-तरंग है, जो चलती चली जाती है। दिमाग में एक बार में पाँच-पाँच कहानियाँ लिखी जा रही हैं, तीन उपन्यास साथ-साथ चल रहे हैं, दो नाटक मंच पर अभिनीत किए जा रहे हैं···

प्रस्तुत कहानियों में कुछ ऐसी हैं, जो अपने आप मुझ तक चली आई हैं। इलाहाबाद में रसूलाबाद घाट पर कतार से खड़ी सरकारी जीपों को देखकर रवीन्द्र और मेरे मुँह से एक साथ यही बात निकली, "भारत सरकार नहाने आई है।" घर लौटकर रवि तो चैन की नींद सो गए, पर मेरे मन में वह दृश्य चक्कर लगाता रहा। यूनिवर्सिटी में छात्रों ने हड़ताल कर रखी थी। दोनों अनुभव 'लड़के' कहानी में काम आ गए। इस कहानी पर वासु चटर्जी ने 'रजनी' सीरियल का अंतिम एपिसोड बनाया था, जो सरकार को इतना नागवार गुज़रा कि उन्हें यह धारावाहिक ही बंद कर देना पड़ा। इसी तरह दिल्ली स्टेशन पर उतरते ही टैक्सी ड्राइवर, होटल दलाल जिस तरह मुसाफिर के सामान पर झपटते हैं, उस अनुभव को ज्यों का त्यों लिखने-भर से 'दल्ली' कहानी लिखी जा सकी। 'आपकी छोटी लड़की' मेरे अपने लड़कपन की कहानी है। इस लंबी कहानी को लिखने में ज़रा भी श्रम नहीं पड़ा। एक बार यादों की डिबिया खोली तो सारे पात्र बाहर निकल पड़े। जब यह कहानी पहली बार 'साप्ताहिक हिंदुस्तान' में छपी तो पाठकों के इतने पत्र आए कि तत्कालीन संपादक मनोहर श्याम जोशी को इस कहानी पर संपादकीय लिखना पड़ा। उन्होंने कहा कि ममता कालिया की कहानी 'आपकी छोटी लड़की' से संकेत मिलते हैं कि साहित्यिक

रचना भी लोकप्रिय हो सकती है। हिमांशु जोशी ने मुझसे कहा, "आपकी कहानी छापकर हमारा काम बहुत बढ़ जाता है। हर डाक में डाकिया सिर्फ आपकी कहानी पर चिट्ठियों के बंडल डाल जाता है।" इन सब बातों से बड़ी हौसलाअफज़ाई हुई, वरना लिखना तो सागर में सुराही उँडेलने के समान होता है। इतना विशाल हिंदी साहित्य का कोष—इसमें कहाँ मैं, कहाँ मेरी कहानियाँ।

इन दस कहानियों में मैंने अपनी प्रारंभिक कहानी 'छुटकारा' इसलिए दी कि उसमें कच्ची धान की बाली की गंध है। मैंने जब लिखना शुरू किया था, प्रायः उस उम्र में आजकल लेखिकाएँ नहीं लिखतीं। आजकल प्रौढ़ अवस्था में वे लिखना शुरू करती हैं, जब कलम-कलाई में चौकन्नापन आ जाता है। मेरे लिए लेखन साइकिल चलाने जैसा एडवेंचर रहा है, डगमग-डगमग चली और कई बार घुटने, हथेलियाँ छिलाकर सीधा बढ़ना सीखा। समस्त गलतियाँ अपने आप कीं, कोई गॉडफादर नहीं बनाया। बिल्ली की तरह किसी का रास्ता नहीं काटा और किसी को गिराकर अपने को नहीं उठाया। हमारे समय में लिखना, मात्र जीवन में रस का अनुसंधान था; न उसमें प्रपंच था न रणनीति। निज के और समय के सवालों से जूझने की तीव्र उत्कंठा और जीवन के प्रति नित-नूतन विस्मय ही मेरी कहानियों का स्रोत रहा है।

प्रायः विवाह के बाद लड़कियों का परिवेश बदलता है। मेरे साथ ऐसा हुआ होता तो मैं कहीं की न रहती। रवि के और मेरे जीवन में लिखना और पढ़ना, प्रेम करने और लड़ने जितना ज़रूरी है। इस घर में भी पापा-घर की तरह किताबें ज़्यादा हैं, अन्य साज-सामान कम। वैसे घर में किताबें गुम होने की रफ्तार भी मज़े की है। खुद अपनी लिखी किताबें नहीं मिलतीं। मेरे प्रकाशक पहले की छपी मेरी अप्राप्य पुस्तकों के नए संस्करण छापना चाहते हैं, पर किताबें हैं कि मिल नहीं रहीं। कई बार घर की अलमारियों में दफन हो जाती हैं, कभी किसी साहित्य-प्रेमी को अंतिम प्रति भी भेंट चढ़ जाती है।

मेरा लिखने का कोई निश्चित समय नहीं है। बिना सोचे-समझे कहानी शुरू कर देती हूँ, मानो शून्य आसमान में सितारा चिपका रही हूँ। पहले तो एकांत ही नहीं मिलता। अगर मिल भी गया तो बजाय लिखने के टी०वी० चैनलों के ऊटपटाँग उत्पात में समय नष्ट करती हूँ। न लिखा जाए तो रसोई की ओर कूच कर जाती हूँ और रसोई में कोई काम बिगड़ जाए तो पाँव पटकती कमरे में आ जाती हूँ, जहाँ हरदम मेरे कागज़ फैले रहते हैं। कई बार दो-चार कागज़ उड़कर गायब भी हो जाते हैं। लोग जीवन में अराजक होते हैं, मैं लेखन में अराजक हूँ। इस सबके बावजूद, जब भी, जो भी मैंने अब तक लिखा, उसे मैं स्वीकार करती हूँ। मैं अपनी हर कहानी पर यह शपथ-पत्र लगा सकती हूँ कि यह मैंने बड़ी शिद्दत से महसूस करते हुए

लिखी। हर कहानी को अपने कलेजे की गर्मी से सेंका और पकाया। कितना ही यथार्थ अपनी नसों पर झेला, कितना कुछ औरों को झेलते देखा। जिस वक्त जो लिखा उसमें अपनी पूरी ऊर्जा लगा दी। हर हाल में लिखा, हर मूड में लिखा। अपना गुस्सा, अपना प्यार, अपनी शिकायतें, अपनी परेशानियाँ तिरोहित करने में लेखन को हरसू मददगार पाया। जो कुछ रू-ब-रू कहने में सात जनम लेने पड़ते, वह सब रचनाओं में किसी न किसी के मुँह में डाल दिया। मेरा यकीन है कि लेखन से अच्छा जीवनसाथी मुझे क्या, किसी को भी नहीं मिल सकता।

—ममता कालिया

कथा-क्रम

आपकी छोटी लड़की	11
वसंत–सिर्फ एक तारीख	33
लड़के	39
दल्ली	46
लैला-मजनू	57
जितना तुम्हारा हूँ	63
सुलेमान	71
छुटकारा	81
पीठ	86
बोहनी	94

आपकी छोटी लड़की

''टुनिया, ज़रा भागकर चिट्ठी डाल आ।''

''टुनिया, ठंडा पानी पिला।''

''मैंने गैस पर दूध चढ़ाया है, तू पास खड़ी रह टुन्नो! कुछ करना नहीं है। जब दूध उफनने लगे, तब तू गैस बंद कर देना।''

दिन-भर दौड़ती है टुनिया। स्कूल से आकर होमवर्क करती है, थोड़ा-बहुत खाना खाती है और इसके साथ ही शुरू हो जाता है काम पर काम पर काम। घर के टेढ़े से टेढ़े और सीधे से सीधे काम सब टुनिया के ज़िम्मे। टुनिया बाज़ार से लकड़ी लाएगी, टुनिया पौधों में पानी देगी, टुनिया ममी को दवाई देगी, टुनिया बाहर सूख रहे कपड़े उठाएगी, टुनिया दस बार दरवाज़ा खोलेगी, दस बार दरवाज़ा बंद करेगी। अगर पड़ोसिन आंटी से पंद्रह दिन पहले दी गई कटोरी मँगानी है तो टुनिया ही जाएगी। वह इतनी बहादुर है, जो जाकर सीधे-सीधे कह दे, ''आंटी, वह कटोरी दे दीजिए। वही, जिसमें हम सरसों का साग दे गए थे आपको।''

अचानक मेहमान आ जाएँ तो बर्फ माँगने केरावाला मेमसाब के पास टुनिया ही जाएगी। और किसकी मजाल, जो उस बदमिज़ाज औरत को पटाकर उसके फ्रिज़ से बर्फ निकलवा सके।

टुनिया है तो तेरह की, पर लगती है ग्यारह की। न उसे दूध पीना अच्छा लगता है, न अंडा खाना। हलका-फुलका बदन है उसका। कमर इतनी छोटी कि स्कूल यूनिफॉर्म की स्कर्ट खिसकी पड़ती है। ज़रा भागे तो ब्लाउज़ स्कर्ट के बाहर। इसीलिए टुनिया को बैल्ट लगानी पड़ती है या फिर स्कर्ट में तीन-तीन जगह हुक फँसाने के लिए लूप। स्कूल जाने के लिए तो बाकायदा तैयार होना ही पड़ता है, टाई भी लगानी पड़ती है, जूते भी चमाचम चाहिए। पर वैसे टुनिया को ढंग से कपड़े पहनने का धीरज कहाँ! जो हाथ आया, गले में डाल लिया। घर में सभी के बाल कटे हुए हैं—ममी के, दीदी के। यहाँ तक कि कोलीन के भी। कोलीन

सुबह-शाम आती है, डस्टिंग करती है, कपड़े इस्तरी करती है और रसोई में खाना बनाने के पूर्व की तैयारी। खाना उससे नहीं बनवाया जाता। ममी कहती हैं कि वह पकाएगी तो छूत लग जाएगी। टुनिया को यह ज़रा भी समझ नहीं आता है कि यह छूत कैसे लग सकती है? जैसे कोलीन आटा गूँधे, सब्ज़ी काट दे तो ठीक, लेकिन वही सब्ज़ी यदि छौंक दे तो छूत, वही आटा अगर सेंक दे तो छूत। कोलीन है बड़ी फैशनेबल। नाक-भौं सिकोड़ते हुए बता चुकी है कि अगर उसके बाप को दारू का इतना लालच न होता तो वह कभी काम करने न निकलती, वह भी घर-घर।

कोलीन तीन घरों में जाती है। वह इतना पाउडर लगाती है कि पड़ोस के देवराज ने उसका नाम 'पाउडर एंड कंपनी' रख छोड़ा है। कोलीन ऊँची-सी फ्रॉक पहनती है और ऊँची सैंडिल। उसका शरीर भी कई कोण से ऊँचा-ऊँचा लगता है। हर इतवार वह चर्च जाती है और हर शनिवार पिक्चर। कभी उसके बालों में नया क्लिप होता है, कभी स्कर्ट की जेब में नया रूमाल। बगल वालों की आया मेरी जब पूछती है, 'कहाँ से लिया?' तो कोलीन आँखें मटकाकर कहती है, 'हमारा बॉयफ्रैंड दिया···।'

टुनिया को कोलीन पसंद नहीं है। उसे लगता है, कोलीन अच्छी लड़की नहीं है। जिन बातों पर टुनिया को गुस्सा आता है, उन पर कोलीन खिलखिलाकर हँस पड़ती है। हर समय मस्ती-सी चढ़ी रहती है उस पर। फैशन और पिक्चर के सिवा उसे कुछ नहीं सूझता। वह बाकायदा ऐक्टिंग करके पिक्चर की कहानी सुनाती है, भले ही कोई सुने, चाहे न सुने। उसका इस तरह मटकना टुनिया को नापसंद है। वह कई बार ममी से कह चुकी है, "इसकी छुट्टी क्यों नहीं कर देतीं?" पर ममी हर बार एक ही सुर पर बात खत्म करती हैं, "टुन्नो, तू तो सुबह तैयार होकर चल देती है स्कूल। बेबी को टाइम नहीं मिलता। रह गई मैं। तो भई साफ बात है, मुझसे इतना काम होता नहीं। कोलीन भी मदद न करे तो मैं मर जाऊँ।"

ममी मरने-जीने के सवाल न जाने कहाँ से ले आती हैं—बात-बात पर। अभी जब जबलपुर से माधुरी आंटी आई थीं और छुट्टियों में टुनिया को साथ ले जाना चाहती थीं, ममी ने कहा, "न बाबा न! टुनिया को मैं नहीं भेज सकती। एक तो कोलीन छुट्टी पर गई हुई है, ऊपर से तू इसे ले जाएगी। मुझसे नहीं होता इतना काम। मैं तो जीते-जी मर जाऊँगी।"

माधुरी आंटी अकेली वापस चली गई थीं, हालाँकि टुनिया मन ही मन बहुत

तरसी थी साथ जाने के लिए। कैसा होगा जबलपुर, उसने मन ही मन सोचा था। अपनी किताब में उसने भेड़ाघाट के बारे में पढ़ा था। वह वहाँ जाकर मिलान करना चाहती थी कि किताबें कितना सच बोलती हैं। पर ममी को वह कैसे मर जाने दे!

ममी की खातिर तो वह सारा दिन भागती है। कई ऐसे भी काम करती है, जो उसे कतई पसंद नहीं। मसलन, पाल साहब के यहाँ जाकर पापा को फोन करना, नल बंद होने पर निचली मंज़िल पर डॉ॰ जगतियानी के घर से पानी लाना, बाज़ार से काँदाबटाटा खरीदना और सामान ममी को पसंद न आने पर उसे वापस करने दुकान पर जाना। ममी उससे दुनिया-भर का सामान मँगाएँगी, फिर उसमें मीन-मेख निकालेंगी, ''साबुन में तू दस पैसा ज़्यादा दे आई है, बट्टी लेकर वापस वोहरा के पास जा और कह, हमें नहीं लेना साबुन। लूट मची है क्या, जो दाम मन में आया, ले लिया। टुन्नो, इतनी बड़ी हो गई तू, अभी तक अदरक खरीदने की अक्ल नहीं आई। यह एकदम दो कौड़ी की अदरक है, गट्ठे वाली। अदरक तो एकदम बादाम जैसी आ रही है आजकल।''

अब टुनिया क्या जाने अदरक बादाम जैसी कैसे होती है। उसे तो अदरक एकदम नीरस चीज़ लगती है, खाने में भी और देखने में भी। एक बार खरीदकर वापस करना क्या इतना आसान होता है! पसीना आ जाता है। कार्टून अलग बनता है।

छुट्टी वाले दिन एक दोपहर घर में पानी एकदम खत्म था। ममी ने झट से कह दिया, ''टुनिया, एक छोटी बालटी पानी नीचे से ले आ, कम से कम चाय तो बने।''

डॉ॰ जगतियानी के यहाँ नल के साथ-साथ हैंडपंप भी लगा है। निचली मंज़िल होने की वजह से उनके यहाँ पानी हर वक्त आता है। डॉ॰ और मिसेज़ जगतियानी दोनों सुबह अपने क्लिनिक पर जाते हैं। दोपहर ढाई-तीन तक लौटते हैं। लौटकर खाने के बाद वे सो जाते हैं—एयर कंडीशनर चलाकर। उनके घर की पूरी देखभाल उनका नौकर रामजी करता है। वही फोन सुनता है, कॉलबेल बजने पर दरवाज़ा खोलता है, कार साफ करता है और खाना बनाता है। सारी शाम जब डॉक्टर साहब और मिसेज़ जगतियानी क्लिनिक पर होते हैं, रामजी टी॰ वी॰ देखता है। यह उसका रोज़ का काम है। टी॰ वी॰ को वह टी॰ बी॰ कहता है। एक-एक एनाउंसर को वह पहचानता है। उसने सबको नाम दे रखे हैं, 'फर्स्ट क्लास', 'सेकंड क्लास', 'चलेगा' और 'खटारा'।

उस दिन टुनिया पीतल की छोटी बालटी लेकर नीचे पहुँची तो डॉक्टर साहब के घर का पिछला दरवाज़ा खुला था। टुनिया सीधे अंदर पहुँच गई। टोंटी खोलकर देखा, पानी नहीं था। फिर उसने हैंडपंप चलाया। वह भी सूखा पड़ा था। तभी रामजी रसोई में से निकलकर आया, ''आज पानी नहीं है, सब खलास।''

टुनिया ने एक बार और नल खोलने के लिए हाथ बढ़ाया ही था कि रामजी ने अपने पाजामे की ओर इशारा किया और अश्लील ढंग से मुस्कराकर कहा, ''लो, इससे भर लो।''

टुनिया कुछ समझ नहीं पाई; पर जो कुछ उसने देखा, उससे घबराकर वह दहशत से चीखती भाग खड़ी हुई। बालटी वापस उठाने का किसे होश था!

बेतहाशा भागती टुनिया तीसरी मंज़िल पर घर में घुसी तो ममी की घुड़की पड़ी, ''पानी नहीं लाई न, अब पीना शाम की चाय। काम तो कोई करना ही नहीं चाहता आजकल। एक कोलीन है, उसे कुछ कहो तो वह मुँह बनाती है। एक तू है, तेरे अलग नखरे। जो करूँ, मैं करूँ; जहाँ मरूँ, मैं मरूँ।''

टुनिया का मन इस वक्त इतना घिना और घबरा रहा था कि वह क्या न कर दे, पर माँ की भुन-भुन सुनकर भन्ना गई। ये ममी हैं, इन्हें क्या फिक्र, टुनिया पानी क्यों नहीं लाई? इनका तो बस काम होना चाहिए, नहीं तो ये मरने को तैयार बैठी हैं।

''और बालटी कहाँ फेंक आई, बोल तो सही मुँह से? हद हो गई ढीठपने की। खाली बालटी उठाकर लाने में इसकी कलाई मुड़ती है। एक हम थे। हमारी माँ ज़रा इशारा कर दे, हम सिर के बल उलटे खड़े रहते थे।''

बस, शुरू हो गया ये और इनका ज़माना। अब यह रिकॉर्ड जल्दी नहीं रुकने वाला। लकड़ी काटने से लेकर सिर काटने तक के अपने तजुर्बे सुनाए जाएँगे। नानी के सिरहाने लहराता साँप ममी ने कुचला था, लोहेवाली की सोने की तगड़ी का पता ममी ने लगाया था, चोर को सेंध लगाते सबसे पहले ममी ने देखा था। नानी की बीमारी में उन्हें कैसे सँभाला था⋯कैसे बताए टुनिया कि यह सब करना आसान है, बनिस्बत वापस नीचे जाने के, अपनी आँखों वह गंदी चीज़ देखने के, महज़ एक बालटी की खातिर।

दीदी के साथ तो ऐसा नहीं करतीं ममी। दीदी उनका एक भी काम नहीं करती, फिर भी उसके सामने ममी कभी शिकायत नहीं करतीं। वह तो काँदाबटाटा लेने

बाज़ार नहीं जाती, उसे पानी लेने डॉ॰ जगतियानी के यहाँ नहीं भेजा जाता, बिजली का बिल जमा करने की कतार में दीदी तो कभी नहीं लगी। दीदी सुबह आठ बजे सोकर उठती है। उठते ही हुक्म चलाने लगती है, "कोलीन, मेरे नहाने का पानी गरम करो। ममी, आलू का टोस्ट बना दो। टुनिया, इस कुर्ते के साथ का दुपट्टा ढूँढ़ दो।"

दीदी नहाने चली जाती है और घर-भर उसके कॉलेज जाने के काम में इस कदर व्यस्त हो जाता है, जैसे दीदी लाम पर जा रही हो। ममी गेट पर उसे घड़ी और रूमाल पकड़ाने भागती हैं। दीदी थैंक्यू भी नहीं कहती। बस, एक 'महारानी नज़र' सब पर डाल शान से चल देती है। अकेली कॉलेज जाती है, पर यों लगता है, मानो चार अर्दली आगे, चार पीछे चल रहे हैं। किस शान से दीदी सड़क क्रॉस करती है, आती-जाती टैक्सियों, कारों को चुनौती देती। है किसी की मजाल, जो दीदी से पूछे, 'क्यों जी, यह सड़क क्या आपके पापा ने बनवाई है? वह पैदल पारपथ क्या बटेरों के लिए छोड़ रखा है?'

टुनिया को पता है, जब दीदी कॉलेज के लिए निकलती है, कॉलोनी के आधा दर्जन लड़के तो तभी अपने-अपने घर से निकलते हैं। वे इधर-उधर छा जाते हैं, कोई पुलिया के पास, कोई चौराहे पर, कोई बस-स्टॉप पर। दीदी इन सबकी हीरोइन है। किसी ने दीदी को कॉलेज के स्टेज पर नृत्य करते देख लिया है, बस गुडुप। किसी ने दीदी को डिबेट में बोलते सुना है, धराशायी। कोई दीदी की चाल का दीवाना है, कोई दीदी के बाल का। बच्चू सीने पर हाथ रखकर गाता है, 'उड़-उड़ के कहेगी खाक सनम…।' आबू दो साल से एल॰एल॰बी॰ में फेल हो रहा है। दीदी किसी की ओर नहीं देखती। गर्दन को एक गुमान-भरा झटका दे वह बस-स्टॉप पर ऐसे खड़ी हो जाती है, जैसे बकिंघम पैलेस की बग्घी उसके लिए आने वाली हो।

एक दिन तो आ भी गई थी—प्रिंस राजगढ़ की गाड़ी। दीदी बस-स्टॉप पर खड़ी थी कि चॉकलेट रंग की कार झटके से आकर सामने खड़ी हो गई। प्रिंस खुद ड्राइव कर रहे थे। निहायत शालीनता से बोले, "मिस सहाय, मैं भी कॉलेज जा रहा हूँ, मे आइ हैव द प्लेज़र टु ड्रॉप यू!"

दीदी ने एक नज़र उसे देखा और कहा, "सॉरी, मैं नहीं जानती आप कौन हैं!"

प्रिंस सिर झुकाकर चला गया। वह कॉलेज नहीं गया। वह इतना तिलमिला गया कि उसने उसी दिन न सिर्फ कॉलेज, वरन् शहर भी छोड़ दिया।

बहुत नाज़ है टुनिया को अपनी बहन पर। दीदी टुनिया से चाहे जो काम ले ले, टुनिया कर देगी। टुनिया दीदी के नाखून काटती है, रूमाल धोती है, बाल कंघी करती है, कमरा ठीक करती है। उस दिन टुनिया बहुत थकी हुई थी। बाज़ार के पाँच चक्कर लगाने पड़े थे। दीदी को भी बाज़ार का ही एक काम था। उसे दर्ज़ी से मैक्सी मँगवानी थी। दीदी ने अपने बालों से मोतियों के फूलों का छोटा गुच्छा निकालकर टुनिया को पकड़ा दिया। खुशी के मारे टुनिया सारी थकान भूल गई। फूलों को निहारते-निहारते वह दर्ज़ी की दुकान तक चली गई और मैक्सी ले आई। पैर बहुत दुखे, पर फूल कितने सुंदर थे!

कई बार दीदी टुनिया के हाथ में अपनी फिलॉसफी की किताब थमाकर लेट जाती है। पढ़ाई करने का दीदी का यह प्रिय तरीका है। टुनिया कांट, हीगल से लेकर अद्वैतवाद तक सब पढ़कर सुनाती है। बहुत कुशाग्रबुद्धि है दीदी। एक बार का सुना ज्यों का त्यों याद हो जाता है उसे। इसी तरह दीदी ड्रामे का पार्ट याद करती है। दीदी के साथ-साथ टुनिया को भी याद हो जाते हैं संवाद। माँ ने कहा, 'चले गए, सब के सब चले गए। छह-छह बेटे पैदा किए, छहों चले गए। अब जाकर मैं सोऊँगी, चैन से सोऊँगी। जिस दिन से ब्याही आई, एक दिन भी नहीं सोई। कभी किसी के लिए, कभी किसी के लिए जीवन प्रार्थना में बीता। आज इसकी पूजा, कल उसका उपवास। अब सब चले गए। लाख तूफान आए, अब मेरा क्या बिगाड़ लेंगे? सागर से मुझे क्या लेना और क्या देना? भले ही घर में अब भोजन के नाम पर सिर्फ एक सूखी-सड़ी मछली हो, मुझे क्या चिंता, किसकी फिक्र! मैं पैर फैलाकर सोऊँगी, भर नींद सोऊँगी।'

जे.एम. सिंज के इस नाटक में दीदी गज़ब का अभिनय करती है। हॉल में बैठे एक-एक दर्शक की आँखें डबडबाई होती हैं। टुनिया ने खुद देखा है। दीदी की खासियत यही है। चाहे उसे दिलबहार बेगम बना दो, चाहे बूढ़ी अम्मा, पात्र को जीता-जागता खड़ा कर देती है सामने। तभी तो अपने आगे निर्देशक को कुछ समझती नहीं। 'इंग्लिश एसोसिएशन' के नाटक 'एंटनी एंड क्लियोपेट्रा' का निर्देशक वह कुर्गी लड़का है जिमी। दीदी उसका कोई कहना नहीं मानती। दीदी कहती है, 'वह अपनी मर्ज़ी के अनुसार क्लियोपेट्रा के संवाद बोलेगी।' प्रोफेसर चोकसी ने हारकर कह दिया, 'शी इज़ ए बॉर्न क्लियोपेट्रा। लैट हर हैंडिल द कैरेक्टर।'

कॉलेज के वार्षिकोत्सव में दीदी की जय-जयकार होती रहती है। मुख्य अतिथि एक के बाद एक दस पुरस्कार दीदी को देते हैं। अधिकतम अंक पाने पर अंग्रेज़ी, हिंदी, फिलॉसफी और लैंग्वेज का प्रमाणपत्र तो मिलता ही है, साथ ही गायन, नृत्य और अभिनय का भी। एक पुरस्कार व्यक्तित्व के लिए, एक वक्तृता के लिए।

टेबल टेनिस शील्ड दीदी की वजह से जीती गई, उसका भी विशेष पुरस्कार मिलता है। बार-बार अपनी सीट से मंच तक जाना दीदी की शान के खिलाफ है। दीदी वहीं खड़ी है, विंग्स में, एक भक्त छात्र को अपने पुरस्कार पकड़ाती हुई। वहीं से निकलकर वह मुख्य अतिथि से पुरस्कार ग्रहण करती और वहीं खड़ी हो जाती। हॉल में सब बड़े रश्क से उसका नाम सुन रहे हैं, उसके दीदार का इंतज़ार कर रहे हैं, पर दीदी को कोई जल्दी नहीं। मंच पर जाते समय वह घबराती भी नहीं।

पुरस्कार टुनिया को भी मिलते हैं अपने स्कूल में, पर वह तो इस कदर हड़बड़ा जाती है कि प्राचार्या तक पहुँचना मुश्किल हो जाता है। घबराहट में मुँह से कभी 'थैंक्यू' पहले निकल जाता है और पुरस्कार बाद में पकड़ती है, कभी 'थैंक्यू' मुँह से निकल ही नहीं पाता, ज़ुबान तालू से चिपककर सूख जाती है। हाथ थर-थर काँपते हैं। वही रोज़ के चेहरे होते हैं, फिर भी टुनिया कितना घबरा जाती है। दीदी बिलकुल नहीं घबराती। एकदम बाहरी आदमी है मुख्य अतिथि। पर दीदी कुछ इस अंदाज़ में उसके हाथों से पुरस्कार लेती है, मानो ले नहीं, दे रही है।

टुनिया भी बैठी है ताली बजाने वालों में। जितनी बार दीदी का नाम बुलाया जाता है, टुनिया को लगता है, उसका कद ऊँचा होता जा रहा है। उसकी इच्छा होती है, अपनी सीट पर खड़ी हो जाए और ज़ोर-ज़ोर से ताली पीटे। उसका दिमाग उसे तसल्ली और तमीज़ सिखाता है।

जलसे के बाद टुनिया दीदी के साथ घर लौट रही थी। कॉलेज से बस-स्टॉप कुछ दूरी पर था। कुछ इनाम दीदी ने पकड़े थे, कुछ टुनिया ने। टुनिया को लग रहा था, ये उसी ने जीते हैं। आखिर वही तो दीदी को संवाद याद कराती है नाटकों के, वही दीदी को फिलॉसफी, हिंदी और अंग्रेज़ी के लैसन सुनाती है।

बार-बार रास्ते में कभी कोई, कभी कोई दीदी को मुबारकबाद दे रहा था। तभी चार लड़कों के एक झुंड ने आकर दीदी को बधाई दी। फिर उनमें से एक

नाटे-से लड़के ने कहा, ''मिस सहाय, हम लोगों में एक शर्त लगी है। राज कक्कड़ का कहना है, यह लड़की जो आपके साथ है, आपकी बहन है। मेरा कहना है, ऐसा हो ही नहीं सकता। बकवास करना राज की पुरानी आदत है। लेकिन मैं आपकी शान के खिलाफ इसे बोलने थोड़े ही दूँगा। आप असलियत बता दीजिए। हम लोगों में आइसक्रीम की शर्त लगी है।''

दीदी ने निहायत लापरवाही से कहा, ''मेरी बहन है यह, तूर्णा सहाय।''

लड़कों के मुँह अवाक्-से रह गए। उन्होंने टकटकी लगाकर टुनिया को जाँचा, जैसे चिड़ियाघर में बच्चे ज़ेब्रा देख रहे हों।

राज कक्कड़ ने विजेता अंदाज़ में बाँहें चढ़ा लीं, ''देखा न, मेरी खबर गलत नहीं हो सकती। है न धमाका?''

नाटे लड़के ने हताश स्वर में कहा, ''यह आपकी सगी बहन है मिस सहाय?''

''हाँ बाबा, हाँ!'' दीदी ने हँसते-हँसते कहा।

''एक ही माँ की?''

''हाँ, और एक ही पिता की भी।'' दीदी ने अपनी तरफ से मज़ाक मारा, जिस पर सब हो-हो कर हँस पड़े।

टुनिया को पहली बार रोना-रोना-सा आया। कितने बेहूदा लड़के हैं! कैसे भद्दे मज़ाक करते हैं! यह क्या शर्त लगाने की बात है? कितनी बार वह दीदी के साथ कॉलेज आ चुकी है। बहन नहीं तो क्या चपरासिन है?

घर जाकर टुनिया ने किसी से कुछ न कहा, पर रुलाई एक अंधड़ की तरह मन में घुमड़ रही थी। किसी को उसकी ओर देखने का अवकाश ही कहाँ था। कोई दीदी की पीठ ठोंक रहा था, कोई उसका मुँह चूम रहा था। पापा ने दीदी से सगर्व कहा, ''यू आर माइ ब्रेनी डॉटर, शाबाश!''

टुनिया को ममी ने तत्काल भेज दिया बाज़ार, लड्डू लाने। पड़ोस के घरों में लड्डू बँटेंगे, दीदी इतने इनाम जो लाई है। सबके बच्चे उसी कॉलेज में पढ़ते हैं, पर है कोई जो इतने इनाम पाए!

टुनिया घंटों घर-घर घूमती फिरी, सात नंबर, आठ नंबर, नौ नंबर। कैरावाला, जगतियानी, द्विवेदी, आलम खान। कॉलबेल बजाई, दरवाज़ा खुला, टुनिया ने हाथ जोड़े, ''नमस्ते आंटी, हमारी दीदी इस साल फिर हर चीज़ में फर्स्ट आई है। ममी ने मिठाई भेजी है, नमस्ते।''

पापा ने रेडियो पर से टुनिया के स्कूली कप उठाकर ताक पर रख दिए और दीदी के बड़े कप सजा दिए। कमरा जगमगा उठा। नए कप चमकते कितने

गज़ब के हैं! अब कल फोटोग्राफर आएगा। दीदी की फोटो खिंचेगी।

रात जब टुनिया अपने बिस्तर पर लेटी, उसे न जाने कहाँ से अवश रुलाई आ गई। उसे स्पष्ट नहीं था कि वह क्यों रो रही थी, पर आँसू थे कि बहे जा रहे थे। लगातार रोने से नींद भी उड़ गई।

टुनिया दबे पाँव उठकर गुसलखाने में गई। वहाँ लगे शीशे में उसने अपना चेहरा देखा।

नहीं, इतना बुरा तो नहीं कि बरदाश्त न हो। बाल उसके दीदी से लंबे और मुलायम हैं। त्वचा भी उसकी चमक रही है। फिर उन लड़कों ने क्यों कहा कि वह दीदी की कोई नहीं? और फिर अगर लड़कों ने बदतमीज़ी की भी, तो क्या दीदी उन्हें डपट नहीं सकती थी? क्या उसका हाथ अपने हाथ में ले गर्व से नहीं कह सकती थी, 'देखो, यह है मेरी बहन, मेरी अपनी छोटी बहन, तुम्हें दिखाई नहीं देता?'

टुनिया क्या करे कि अपनी दीदी की बहन लगे? क्या गले में पट्टा लटका ले या आटे के बोरे में मुँह घुसा ले या छील डाले अपनी चमड़ी छिलके की तरह?

टुनिया को इसी तिलमिलाहट में याद आई उस लाल लहँगे की, जिसके कारण उसे कितनी मार पड़ी थी। दीदी को टाउन हॉल में एकल नृत्य प्रतियोगिता में नाचना था। उसके लिए नया लाल लहँगा, ब्लाउज़ और चूनर बनवाई गई थी। प्रतियोगिता के पूर्व दीदी दोपहर में बाज़ार गई थी—लाल चुटीला और झूमर खरीदने। पीछे से दर्ज़ी ने आकर दीदी की पोशाक दी। नई लाल पोशाक टुनिया को इस कदर भायी कि उससे रहा न गया। उसने चाव ही चाव में अपनी फ्रॉक उतार लहँगा-ओढ़नी पहन ली। बाकायदा सिर ढककर वह माथे पर टिकुली लगा ही रही थी कि दीदी वापस।

टुनिया को काटो तो खून नहीं। हे भगवान्, दीदी ने देख लिया! अब क्या होगा?

दीदी का पारा गरम हो गया, "तूने मेरी पोशाक क्यों खराब की? बता, बता?" दीदी ने उसे झँझोड़ डाला।

"दीदी, खराब नहीं की। लो, मैं उतार देती हूँ।"

दीदी रोने बैठ गई, "ऊँ-ऊँ-ऊँ! मैं अब यह पोशाक नहीं पहनूँगी। यह गंदी हो गई।"

ममी ने दीदी से कुछ नहीं कहा। बस, टुनिया की धुनाई कर डाली, जिसके कारण दीदी की पोशाक गंदी हो गई।

टुनिया हफ्तों सोचती रह गई, क्या पोशाक इतनी जल्द इतनी गंदी हो गई कि दीदी का डांस बिगड़ गया, उसे पुरस्कार नहीं मिला और घर लौटते समय उसकी एक पायल भी खो गई?

तब से टुनिया ने गाँठ बाँधी, दीदी का कोई कपड़ा नहीं छूना है। रूमाल भी नहीं। दीदी को दुखी नहीं करना है।

रात-भर की छटपटाहट के बाद दुनिया ने तय किया कि वह लड़कों की खुराफात पर कतई ध्यान नहीं देगी। वह अपना पूरा ध्यान पढ़ने में लगाएगी। दीदी के कॉलेज अब कभी नहीं जाएगी। ममी कहेंगी, तब भी नहीं।

स्कूल में टुनिया का दिन बहुत अच्छा बीता। इंग्लिश में 'वेरी गुड' मिला, ड्राइंग में 'गुड'। खुशी के मारे बाकी पीरियड भी खटाखट बीत गए। अब आया गणित का पीरियड, होडीवाला सर की क्लास। लड़के-लड़कियों को सबसे ज़्यादा सज़ा इसी पीरियड में मिलती है। लड़कों को भी ज़बरदस्त केनिंग होती है। लंबी लचीली टहनी होडीवाला सर की क्लास का दौरा कर डालती है। सनाक्-सनाक् हथेलियों पर केन लेते लड़के रोते नहीं, पर उनके होंठ भिंच जाते हैं। टुनिया के बदन में फुरफुरी आती है, जितनी बार यह आवाज़ सुनती है वह 'सनाक्-सनाक्'।

लड़कियों को मार नहीं पड़ती। उन्हें स्कूल के बाद रुकने और पाठ लिखने की सज़ा मिलती है, 'डिटेंशन'। क्या तुक है इसमें? सवाल गलत हुआ गणित का और सज़ा में मिल गया 'आर ह्यूमन स्ट्रक्चर' को नौ बार लिखना। टुनिया को कभी यह सज़ा नहीं मिली, लेकिन जिन्हें मिलती है वे भी तो उसकी सहेलियाँ हैं। उसे पता है, लिखते-लिखते उनकी बिचली उँगली नीली पड़ जाती है।

टुनिया के सवाल कभी गलत नहीं होते, पर उसे सर का रवैया पसंद नहीं। जिस समय छात्र सवाल कर रहे होते हैं, होडीवाला सर खिड़की पर पीठ टिका गिद्ध-दृष्टि से सबको देखते रहते हैं—'नो चीटिंग'। लड़कों से निपटकर वे लड़कियों के पास आते हैं। 'लेट मी सी मिसी बाबा, वॉट हैव यू डन,' कहते हुए वे प्रत्येक मिसी बाबा का सवाल जाँचते हैं। जितनी देर वे सवाल देखते हैं, उनका एक हाथ लड़की की पीठ पर बराबर चलता रहता है, कंधे से लेकर कमर तक के हिस्से पर। हृष्ट-पुष्ट गुलगुली लड़कियों पर वे विशेष मेहरबान रहते हैं। पर लड़कियाँ

उनसे कतराती हैं। बड़ी लड़कियाँ आपस में इस बात पर भुनभुनाती हैं, पर डर के मारे कोई ज़ुबान नहीं खोलती।

टुनिया के प्रायः सभी सवाल ठीक होते हैं। शायद इसीलिए सर उसके पास कभी नहीं फटकते, जल्दी से 'राइट' लगाकर आगे बढ़ जाते हैं। दो-चार बार टुनिया ने वे सवाल भी हल कर दिखाए हैं, जो सर नहीं कर पा रहे थे। होडीवाला सर सिर्फ एस॰ टी॰ सी॰ तक पढ़े हैं। छात्र उनकी डिग्री को कहते हैं—संडास टिकट कलेक्टर। संडास जाने का टिकट कहाँ लगता है, उन्हीं से पूछने की बात है।

शनिवार को पापा ने सुबह बैठक साफ करवाई। उनकी बैठक बस टुनिया साफ कर सकती है। कोलीन को तो ज़रा भी तमीज़ नहीं। ज़रूरी से ज़रूरी कागज़ रद्दी समझ, कूड़े में बटोरकर फेंक देगी। टुनिया जानती है, कागज़ पापा की जान हैं। एक-एक चिट्ठी, एक-एक अखबार क्यों रखा हुआ है, उसे पता है। ममी तो उकता जाती हैं इस सफाई-अभियान से। उनका कहना है, जितनी देर में पूरे घर की सफाई हो, उतनी देर में केवल यह बैठक साफ होती है। एक-एक पेपरवेट को चमकाना, पोंछना, पिनकुशन में पिन खोंसना, किताबें करीने से रैक में सजाना, इस सबकी उन्हें फुर्सत कहाँ? पर टुनिया बोर नहीं होती। वह इस काम को झाड़ू और झाड़न की जुगलबंदी कहती है।

फर्श पर बिछे बिस्तर की चादर बदली गई। किताबें ठीक से लगाई गईं। रेडियो का कवर और मेज़पोश भी धुले हुए बिछाए गए। एक बहुत बड़े साहित्यकार आने वाले थे। टुनिया ने पूछा, "पापा, क्या इनका पैर उनसे भी बड़ा होगा, जो पिछली बार आए थे?"

"फिज़ूल बात मत करो।" पापा ने घुड़क दिया। पिछली बार भी उनके घर एक बड़े साहित्यकार आए थे। उनके पैर की छाप चादर पर पड़ गई थी। सफेद चादर के बीच वह मटमैली छाप बड़ी अजीब लग रही थी। बाप रे बाप, टुनिया ने सोचा था, इतना बड़ा पैर! उसके तो दो-तीन पंजे निकल आएँ इसमें से। उसने तभी सोचा था कि बड़े साहित्यकार का न केवल दिमाग, वरन् पैर भी बड़ा होता है।

पर पापा को कोई खुराफात बरदाश्त नहीं है। घर में सब स्वच्छ होना चाहिए। कायदे से कमरे में आओ, नमस्ते करो, चाय रखो और चले जाओ। अगर कमरे में कविता-पाठ चल रहा हो या गंभीर बातचीत, कभी टोको नहीं। सुनना चाहती

हो तो चुपचाप बैठ जाओ।

टुनिया किताबों की दुनिया से अनजान नहीं। किताबें उसे बेहद प्रिय हैं। वह कुछ भी और सब कुछ पढ़ डालती है, जो सामने आ जाए। यह जो साहित्यकार आने वाले हैं, श्री मुक्तिदूत, इनका उपन्यास भी उसने पढ़ा है। उसके मन में उन्हें देखने की उत्कट अभिलाषा है। टुनिया जानना चाहती है, वे दूसरे के मन की बात इतनी आसानी से और इतनी अच्छी तरह से कैसे समझ लेते हैं? क्या उनके पास डॉक्टर की तरह कोई स्टेथेस्कोप होता है?

एक और बात जो टुनिया की समझ में नहीं आती, वह यह है कि कोई साहित्यकार तो पचास पुस्तकें लिखने के बाद भी बड़ा साहित्यकार नहीं माना जाता और कोई महज़ एक पुस्तक लिखकर महान् हो जाता है। पापा थोड़ा-बहुत समझाते हैं, फिर अपना शाश्वत वाक्य बोल देते हैं, ''अभी तू बहुत छोटी है।''

इतनी छोटी नहीं है टुनिया। दिल-दिमाग हज़ार-हज़ार सवालों से भरा पड़ा है। क्यों? क्यों? क्यों? उनके घर अधिकतर कलाकार और साहित्यकार आते हैं। यहाँ आने वाले तरह-तरह के लोग हैं। एक बार एक कलाकार आए थे। जेब में तीन सौ रुपए और बेशुमार उम्मीदें लिए। वे फिल्मों में संघर्ष करना चाहते थे। शक्ल से कितने भोले लगते थे! उनके घर महीनों रहे थे, इसी बैठक में। रोज़ सुबह झोला कंधे पर डाल निकल जाते, स्टूडियो दर स्टूडियो, दरबानों से गिड़गिड़ाते। रात को थकान से लस्त और हौसले से पस्त लौटते। पापा उन्हें अपने साथ खाना खिलाते और देर तक उनकी हिम्मत बँधाते।

अगली सुबह वे फिर निकल पड़ते। साढ़े तीन महीने की दौड़-धूप के बाद उन्हें एक फिल्म में भूमिका मिली, बस-स्टॉप पर खड़े एक गुंडे की, जो चाकू दिखाकर लोगों की जेबें खाली कराता है और फिर चाकू चूमकर विचित्र अट्टहास करता है, 'हा हा हा हा!' घर में चाकू चूमने और अट्टहास करने की रिहर्सल करते तो टुनिया कमरे से हट जाती। न जाने क्यों उसे लगता, यह भूमिका उस कलाकार की तौहीन थी। उसके बाद सभी फिल्मों में वे गुंडे बने। दो ही साल में वे फिल्म उद्योग के नामी विलेन हो गए। उन्होंने जुहू पर फ्लैट खरीद लिया, कार खरीद ली, शादी कर ली और पापा को पहचानने से इनकार कर दिया।

पापा को कोई खास फर्क नहीं पड़ा। न वे आहत हुए, न अपमानित। उन्होंने कुछ और साथी ढूँढ़ लिए। पर ममी किचकिचाती रहीं, ''जब तक दो रोटी का

ठिकाना नहीं था, फलानेजी गले से बँधे रहे। आज रोटी-बोटी दोनों का इंतज़ाम हो गया तो कैसे आँखें फेर लीं! जाने इन्हें अकल कब आएगी! अरे, अब तो यह सदाव्रत बंद करो। आज की दुनिया में कोई किसी का नहीं। क्या मिला तुम्हें मर-मरकर?''

पापा ने एक बार भी शिकायत नहीं की। न जाने कितने लोगों को पाँच रुपए से लेकर पचास रुपए तक उधार दिए, जो डूब गए। वर्षों ममी ने घर-खर्च के रजिस्टर में इसे उचंत में डाले रखा, फिर हारकर लिखना छोड़ दिया। पापा ने कहा, ''इसमें क्या झींकना। सारा जीवन ही लेन-देन है।''

ममी बोलीं, ''तुम्हारा तो सारा जीवन बस देन-देन है।''

ममी को गुस्सा बहुत जल्द आता है। अच्छी बातों में भी वे न जाने कहाँ से आपत्ति ढूँढ़ निकालती हैं। इक्कीस नंबर में नए किराएदार आए थे मिस्टर पै। उस दिन उनकी लड़की विनया सामने के लॉन में दो-तीन लड़कियों के साथ खेल रही थी। टुनिया भी पहुँच गई। सबने मिलकर रस्सी कूदी, आइ स्पाइ खेला। वापस जैसे ही टुनिया घर आई, माँ ने जवाब-तलब किया, '' किससे पूछकर गई थी?

'' कपड़े क्यों नहीं बदले? बाकी लड़कियों के कपड़े देखे थे? एकदम परी जैसी लग रही थीं!

'' हमारी नाक कटाएगी? ''

लो, हो गई न सारी शाम गुड़गोबर! माँ की डाँट बरदाश्त नहीं होती और माँ ही सबसे ज़्यादा डाँटती हैं। डाँटने के बाद रोने या सुस्त पड़ने का अवकाश नहीं देतीं। खुद अपनी तबीयत खराब कर बैठ जाती हैं।

फिर शुरू हो जाता है पापा की नसीहतों का सिलसिला, ''कितनी बार कहा है टुन्नो, ममी को गुस्सा न करने दिया करो, इनका ब्लडप्रेशर बढ़ जाता है।''

''तुम्हें ज़रा खयाल नहीं ममी का टुनिया! चलो, इन्हें पानी में ग्लूकोज़ पिलाओ।''

''शाम को डॉक्टर गांगुली के पास ले जाना ममी को।''

डॉक्टर ममी का ब्लडप्रेशर देखता है, दवा देता है। टुनिया ज़बरदस्त पश्चात्ताप से भर जाती है। डाँट भी उसे ही पड़ती है, अफसोस भी उसे ही होता है, डॉक्टर के यहाँ भी वही जाती है, 'सॉरी' भी वही कहती है। किसी को कोई फर्क नहीं पड़ता। कोई टुनिया को इस सवाल का जवाब नहीं देता कि ब्लडप्रेशर किसका

जाँचा जाना चाहिए, जिसने डाँटा उसका या जिसे डाँट पड़ी उसका?

इन झमेलों से बिलकुल अलग-थलग दीदी एक अलग दिशा में दौड़ रही है। लगभग रोज़ शाम कोई न कोई शो चलता रहता है। शो के बाद दीदी घर आती है, मेकअप उतार, कपड़े बदल वह आँख बंद कर लेट जाती है बिस्तर पर। थोड़ी-थोड़ी देर में पापा या ममी आकर उसे देख जाते हैं। जब उसकी आँख लग जाती है तो हौले से बत्ती बंद करते हुए पापा कहते हैं, "बहुत स्ट्रेन पड़ रहा है बेबी पर। इसे रोज़ाना एक सेब दिया करो।"

हर बात दीदी से बाँटना चाहती है टुनिया। कल टुनिया ने उसे बताया, कितने बड़े साहित्यकार आने वाले हैं आज। दीदी ने कहा था, "हाय, मैं भी सुनती उनकी बातें, पर क्या करूँ, कल से तो नई रिहर्सल शुरू है। मेन रोल मेरा ही है।"

पापा सुबह से बड़े जोश में हैं। मुक्तिदूत जी के उपन्यास और काव्य-संग्रह का फिर से पारायण हो रहा है। जगह-जगह लाल पेंसिल से निशान लगाए जा रहे हैं। मुक्तिदूत जी से जमकर बहस करनी है। टुनिया भी साथ-साथ पढ़ रही है। इस कमरे का आलम अनोखा है। यहाँ बैठकर मन किताबों में रम जाता है। न समय का ध्यान रहता है, न काम का।

तभी ममी ने आकर कहा, "टुनिया, चलो सनीचरी से सामान लाने।"

टुनिया का जोश जाम हो गया।

सनीचरी का मतलब है, सूखी मछली के गँधाते ढेर, बाज़ार की कचर-पचर, धूप, पसीना, धूल, बौड़म झोले, काँदाबटाटा, गेहूँ, चावल, मसाले, पातड़भाजी, खट्टा चूका और खटारा रिक्शा। पूरी बंबई में कहीं रिक्शा नहीं चलता सिवाय इस सनीचरी के। इस रिक्शे से रूह काँपती है टुनिया की।

पहले तो बाज़ार की एक-एक दुकान पर ममी को मोलभाव करते देखो, बोलो कुछ नहीं। बस, झोले पकड़े खड़ी रहो। फिर जब ममी की तसल्ली हो जाए तो सौदा ले लो। बराबर टकटकी लगाकर तराजू देखती रहो, तरकारीवाली कहीं डंडी तो नहीं मार रही? इसी चतुराई से ममी महीने का पूरा सौदा सनीचरी से लेंगी। फिर बड़े कौशल से वे सस्ता रिक्शा करेंगी। रिक्शा करने में उनकी दो शर्तें अनिवार्य हैं। रिक्शा सस्ता हो और रिक्शेवाला विनम्र। झिक-झिक करने वालों से ममी को बहुत चिढ़ है। रिक्शे में चढ़ते ही ममी टमाटर का झोला या तेल की पीपी बगल की सीट पर रख लेंगी और कहेंगी, "टुनिया, तू यहाँ नीचे बैठ ले। टमाटर कहीं पिच न जाएँ, तेल कहीं बह न जाए, पीपी में झाल तो लगी नहीं है। थोड़ी ही दूर की बात है।"

अगर टमाटर या तेल कुछ न साथ हुआ, तो कॉलोनी की ही कोई पड़ोसिन मम्मी को ज़रूर दिख पड़ेगी। ममी उसे भी रिक्शे में अपने साथ लाद लेंगी और कहेंगी, ''टुन्नो, तू ज़रा किनारे पर टिक जा, यहाँ मेरे पैरों के पास। नहीं-नहीं बहन जी, आप परेशान मत होइए। हमारी बेटी तो बड़ी सीधी है, जहाँ कहो बैठ जाए, जहाँ कहो खड़ी हो जाए। बच्चों का क्या है, जैसे रखो, रह जाते हैं।''

नहीं बैठना चाहती टुनिया इस तरह। कितनी शर्म आती है उसे। स्कूल की कोई सहेली देख ले या टीचर, तो कितनी खिल्ली उड़ेगी उसकी! आठवीं में पढ़ती है। कोई बच्ची तो नहीं। वह क्या घर की नौकरानी है, जो पैरों के पास बैठे! इतना ही शौक है ममी को पड़ोसिनें ढोने का तो दो रिक्शे क्यों नहीं कर लेतीं?

टुनिया जब इस तरह बैठती है तो सामने से उसका कच्छा दिखने लगता है। कम से कम टुनिया को तो यही लगता है, उसका कच्छा दिख रहा है, बल्कि सारी दुनिया को खबर है कि दिख रहा है। 'शेम, शेम!' क्या करे टुनिया? फ्रॉक इतनी लंबी नहीं कि आगे खींच ले। पीछे से ममी की चप्पल चुभ रही है, आगे से यह मुसीबत!

बहुत बोर होती है टुनिया इस सनीचरी की कवायद से। ऊपर से गज़ब यह कि ममी इसे तफरीह का नाम देती हैं। अब अगर घर पहुँच, झोले रख टुनिया यह कहे कि वह सत्रह नंबर वाली पिन्हाज दाजी के यहाँ जा रही है तो ममी डपटकर कहेंगी, ''बैठ चुपचाप। अभी घूमकर नहीं तो क्या पापड़ बेलकर आ रही है? घर में तो किसी का टिकुआ लगता ही नहीं है। जो करूँ, मैं करूँ; जहाँ मरूँ, मैं मरूँ।''

ममी एक बार बोलना शुरू कर दें तो देर तक चुप नहीं होतीं। रुक-रुककर उसी विषय पर बोलती हैं। लिफाफे खाली कर दाल डिब्बों में डाली जा रही है, भाषण चालू। गेहूँ कनस्तर में पलटा जा रहा है, भाषण चालू। काँदाबटाटा अलग-अलग टोकरियों में रखा जा रहा है, भाषण चल रहा है। धीरे-धीरे यह स्वगत-कथन में बदल जाएगा। टुनिया ममी के पीछे-पीछे कुछ इस तरह घूमेगी, मानो दोनों के बीच कोई तार जुड़ा है। ममी मुड़ेंगी तो वह भी मुड़ेगी, ममी झुकेंगी तो वह भी झुकेगी।

ममी ने चिड़चिड़ाकर एक बार फिर कहा, ''सुनती नहीं है, फिर और धूप चढ़ जाएगी। जल्दी उठ।''

पापा ने किताब पर से नज़र उठाई और बोल पड़े बमककर, ''क्या तुम सुबह से कुड़कुड़ शुरू कर देती हो। आटे-दाल के सिवा और कुछ पता भी है?

नहीं जाएगी टुनिया। इतने बड़े साहित्यकार आ रहे हैं। किसी भी समय आ सकते हैं। यहाँ कौन बनाएगा चाय? जाना है तो कोलीन को लेकर जाओ।''

एक कटखनी नज़र पापा और टुनिया पर डाल ममी चली गईं।

पापा द ग्रेट! टुनिया को मज़ा आ गया। कैसी बाल-बाल बची वह सनीचरी से और कोलीन क्या खूब फँसी! अभी-अभी काम निपटा वह जाने की तैयारी कर रही थी। तभी तो उसने सबकी नज़र बचाकर फूलदान से एक फूल चोरी किया था बालों में लगाने के लिए। टुनिया को सब पता है। रिक्शे में जब पटरे पर बैठना पड़ेगा, सारी शान झड़ जाएगी आज।

वह तो छूटी किसी तरह। अब जब पापा कहेंगे, वह ऐसी फर्स्ट क्लास चाय बनाएगी कि मुक्तिदूत जी भी हैरान रह जाएँगे। दाल पहले से पिसी रखी है, पकौड़े तल देगी।

नहीं, दीदी क्यों करेगी मदद? अभी तो वह सोकर ही नहीं उठी। उठेगी, फिर तैयार होगी और तत-थई, तत-थई में लग जाएगी। कल ही तो उसके ड्रामे का पच्चीसवाँ शो खत्म हुआ है। आज नई रिहर्सल शुरू है।

वक्त से एक घंटे बाद मुक्तिदूत जी आए—चमत्कार की तरह। एकदम झकाझक सफेद खादी का कुर्ता-पाजामा पहने। आते ही 'हा-हा' हँसना शुरू। पापा बड़े प्रसन्न। मुक्तिदूत जी ने पहले उन्हें अफसरों की दृष्टिहीनता पर एक छोटा-सा दिलचस्प भाषण दिया, फिर उदाहरण—एक से एक अजीबोगरीब। गनीमत है, पापा ने बिना बिदके सुन लिया। नहीं तो कोई भरोसा नहीं, पापा कब सहसा अफसर बन जाएँ, कब साहित्य-प्रेमी। एक बार ऐसे ही किसी कवि के बेतकल्लुफी से बोलने पर पापा ऐंठ गए थे और उन्होंने त्यौरियों से बोलना शुरू कर दिया। कवि महोदय पापा को एक असफल मनुष्य बता रहे थे, जबकि पापा अपने को निहायत सफल मानते थे।

पर मुक्तिदूत जी एक तो पापा के हमउम्र हैं; दूसरे, बात करने का तरीका भी अलग है। चकित है टुनिया। पापा ने बताया था कि मुक्तिदूत जी न नौकरी करते हैं, न व्यवसाय। पर कितने अलमस्त! किसी बात की फिक्र ही नहीं। शहंशाह-सा अंदाज़, गूँजभरी आवाज़, सिगरेट पीने का दिलकश अंदाज़ और किस कदर आत्मीय! खाया उन्होंने कुछ नहीं, लेकिन चाय खूब तारीफ करके पी। पूछा, ''किसने बनाई, आपकी पत्नी ने?''

''नहीं, टुनिया ने। यह है मेरी छोटी लड़की तूर्णा। पढ़ने में बहुत तेज़ है और चाय बनाने में भी।''

''हा, हा, हा,'' मुक्तिदूत जी हँस पड़े, ''यह लड़की बहुत तरक्की करेगी। मैं तो कहता हूँ, जो अच्छी चाय बना सकता है, वह दुनिया में मुश्किल से मुश्किल काम कर सकता है।''

तभी दीदी तैयार होकर कमरे में आई। सफेद साड़ी-ब्लाउज़ में कितनी ताज़ा लग रही थी वह, फूल की तरह। रोहिणी भाटे सभी छात्राओं को सफेद वस्त्र में आने को कहती हैं। उनका कहना है कि नृत्य एक सात्त्विक क्रिया है। वह स्वयं भी सफेद रंग के कपड़े ही पहनती हैं।

मुक्तिदूत जी को नमस्कार कर दीदी ने पापा से कहा, ''पापा, हमें ठीक ग्यारह बजे पहुँचना है रोहिणी भाटे की क्लास में। आज से 'वसंत सेना' का रिहर्सल शुरू है।''

''ठीक है, चली जाना।'' पापा ने कहा।

तभी मिसेज़ रहेजा आ गईं, चार नंबर से। टुनिया के यह कहने पर कि ममी बाज़ार गई हैं, वह अंदर रसोई तक उन्हें देख आईं, फिर आकर बैठक में बैठ गईं।

उस समय पापा और मुक्तिदूत जी में बहस चल रही थी कि उत्कृष्ट साहित्य के लिए लोकप्रियता कोई शर्त हो सकती है या नहीं। मुक्तिदूत जी लोकप्रियता को व्यावसायिकता से जोड़ रहे थे, जबकि पापा उसे जनमानस से। वह बार-बार रामचरितमानस के लोकप्रिय अंश उद्धृत कर रहे थे।

मुक्तिदूत जी ने कहा, ''रामचरितमानस अपनी साहित्यिकता के कारण नहीं, धार्मिक आग्रहों के कारण लोकप्रिय है।''

मिसेज़ रहेजा बैठी रहीं कुछ देर अपनी एक एड़ी से दूसरी एड़ी खुजाती। फिर बोलीं, ''टुनिया, हमने इडली का घोल बना रखा है। साँचा दे दो तो जल्दी से इडली पक जाए।''

अब आईं न असल बात पर। यह रहेजा आंटी इतने बहाने क्यों बनाती हैं? आते ही सीधे कह देतीं कि साँचे के लिए आई हैं। इन्हें क्या पता बैठक में कौन बैठा है इस वक्त। सच, टुनिया को हैरानी होती है। कॉलोनी की सभी स्त्रियाँ एक-सी हैं—सबकी आदतें एक-सी—सुबह उठकर मेकअप कर लेना, हर वक्त खाने-पीने के बारे में सोचना, दोपहर को सोना, शाम को टी॰वी॰ देखना और रात को घोषित करना, 'आज तो मैं बहुत थक गई।' टुनिया ऐसी कतई

नहीं बनना चाहती। वह तो ऐसी बनना चाहती है, जैसे मुक्तिदूत जी। उसे लगता है, ज़िंदगी के ज़रूरी सवालों का जवाब साहित्यकार ही ढूँढ़ सकता है।

मुक्तिदूत जी जानना चाहते थे कि क्या माधव मिश्रा अभी भी इस कॉलोनी में रहते हैं?

''रहते हैं,'' पापा ने बताया, ''आजकल बहुत उदास हैं। कहीं आते-जाते नहीं। हाल ही में उनकी पत्नी का देहांत हो गया।''

''अकस्मात्?''

''नहीं, कैंसर था।''

''मैं तो उनका घर भूल गया हूँ। कोई आठ बरस पहले आया था एक बार। किस नंबर में हैं?''

''एक सौ आठ। इस ब्लॉक से हटकर उधर तीसरी सड़क के मोड़ पर जो क्वार्टर बने हैं, उनमें।''

''कहाँ भई?''

''टुनिया बता देगी, जानती है। टुनिया बेटी, ज़रा मुक्तिदूत जी को माधव मिश्रा जी के घर पहुँचा दो।'' पापा बोले।

''भई, लेकिन लौटकर हम एक चाय और पिएँगे।''

''ज़रूर-ज़रूर।'' पापा की मुस्कान खिल गई। पापा को और क्या चाहिए? उनका मन तो बस स्वागत-सत्कार के लिए बना है। वश चले तो सारा दिन, सारी रात दरवाज़ा खोले बैठे रहें, आगंतुकों के इंतज़ार में। उनकी भूख-प्यास मित्रों के साथ बँधी है। साथ में कोई खाने वाला न हो तो तीन बजे तक खाने की सुध न लेंगे। कोई आ जाए तो बारह बजे से ही भूख लग जाएगी।

टुनिया ने ज़रा भी देर नहीं लगाई। फौरन स्लिपर्स पहने और चल दी मुक्तिदूत जी के साथ। बाप रे, कितने लंबे हैं, ताड़ की तरह। बात करते समय अगर इनकी तरफ देखना हो तो गर्दन में बाँयटा पड़ जाए।

मुक्तिदूत जी ने देखा, टुनिया उनके साथ लगभग भागते हुए चल रही है। उन्होंने रफ्तार धीमी कर दी। पूछा, ''यह तुम्हारी बहन थी न?''

''आपको कैसे पता?''

''वाह, तुमसे इतनी मिलती जो है।''

टुनिया ने शायद गलत सुना है या मुक्तिदूत जी ने ही गलत कहा है।

''सब तो कहते हैं, मुझसे ज़रा भी नहीं मिलती।''

''बहुत मिलती है। तुम्हें पता है तूर्णा, भगवान् के पास सबसे बेहतरीन

प्रिंटिंग प्रेस है। इंसान लाख कोशिश करे, वह बात पैदा नहीं कर सकता जो भगवान् कर सकता है। जैसे किताबें छपती हैं, सब एक-सी, इसी तरह भगवान् हर खानदान के नाक-नक्श के ब्लॉक प्रिंट करते हैं। तभी न जानकार लोग कहते हैं, 'अरे बबुआ, तेरी नाक तो बिलकुल दादी पर गई है, तेरी हँसी में तो बुआ की छवि है।' ईश्वर एक बढ़िया मुद्रक है।''

अपनी ही बात पर मुक्तिदूत जी 'हा-हा' कर हँस दिए। टुनिया के मुँह से फौरन निकला, ''आप भगवान् को मानते हैं?''

''क्यों, ऐसा तुम्हें क्यों लगा कि भगवान् को मानने वाले कम होते जा रहे हैं?''

''पता नहीं, एक बार पापा ने कहा था, लोग ज्यों-ज्यों पढ़े-लिखे बन रहे हैं, उनकी भगवान् पर से आस्था हिल रही है।''

''यह तो पापा ने कहा था, तुम क्या कहती हो?''

''मुझे भी ऐसा ही लगता है।''

''नहीं, पापा को ऐसा लगता है, इसलिए तुम्हें ऐसा लगता है। टुनिया रानी, अलग से सोचो, क्या हमारे देश में कभी ईश्वर से विश्वास खत्म हो सकता है? अभी मैं चौराहे के बीचोबीच एक बौड़म-सा पत्थर रख दूँ सिंदूर में रंगकर और खुद उस पर जाकर दो फूल चढ़ा आऊँ। फिर देखना तुम, अपने लोगों की कितनी आस्था है। दस में से नौ आदमी यहाँ रुकेंगे, मत्था टेकेंगे, फूल-फल चढ़ाएँगे। इसे कहते हैं आस्था।''

''या अंधविश्वास!''

''नहीं, विश्वास। वैसे विश्वास और अंधविश्वास में बड़ा महीन-सा फर्क होता है। तुम अभी बहुत छोटी हो, वरना तुम्हें समझाता।''

''आ गई न वही बात! यह छोटी होना तो बवालेजान हो गया है। अच्छी-खासी बात समझ आ रही थी कि ब्रेक लग गया, अभी तुम बहुत छोटी हो।'' इस वक्त मुक्तिदूत जी मेहमान हैं, वरना टुनिया पूछती, 'छोटों को बड़ा बनने के लिए क्या करना पड़ता है? क्या सिर के बल खड़ा होना पड़ता है?'

मुक्तिदूत जी ने गौर से उसकी ओर देखा, ''थक गई?''

''नहीं,'' टुनिया ने गर्दन हिलाई।

''किस क्लास में पढ़ती हो?''

''क्या नाम है स्कूल का?''

''कैसे जाती हो इतनी दूर?''

लीजिए, आ गया माधव मिश्रा का घर।

मिश्रा जी घर पर हैं।

टुनिया का काम खत्म।

जाएगी।

मुक्तिदूत जी अब मिश्रा जी से बातों में मशगूल हो जाएँगे। दोनों साहित्यकार, दोनों बातूनी। जानती है टुनिया कि मुक्तिदूत जी को कौन-सा याद रहेगा कि वह किस क्लास में पढ़ती है, कैसे स्कूल जाती है, स्कूल का नाम क्या है। बच्चों से ऐसी बातें सभी पूछते हैं और सभी भूल जाते हैं। पापा के एक दोस्त हर बार उससे उसका नाम पूछते हैं और हर बार भूल जाते हैं।

पापा का खयाल है, चाय के बाद मुक्तिदूत जी को खाना भी खिलाया जाए। और क्या? बारह बजे हैं, चाय पिलाते एक-डेढ़ बज जाएँगे।

ममी सनीचरी से अभी लौटी नहीं हैं। लौटकर भन्नाएँगी, 'बस, शुरू हो गईं इनकी दावतें। इतना ही शौक था खिलाने का तो किसी हलवाइन से शादी कर लेते। सारा दिन बैठी रहती भट्ठी पर। बाज़ार से धूप में तपते आओ और मरो चूल्हे पर!'

टुनिया उनके आने से पहले कुछ बना लेती। पर क्या? उसे आलू की तरकारी के सिवा कुछ बनाना आता ही नहीं। दीदी होती तो उसकी खुशामद कर टुनिया पनीर निकलवा लेती। पनीर-आलू की सब्ज़ी बन जाती। पर दीदी तो रिहर्सल के लिए जा चुकी।

चलो, जैसा बुरा-बावरा आता है, बनाएगी टुनिया। पापा को 'ना' न कहेगी। खराब बनेगा तो 'सॉरी' कह देगी। ढेर-सा सलाद काट देगी। चटनी-अचार सब रखा है, दे देगी। मिठाई पापा मँगा ही लेंगे।

ममी के लिए नहीं छोड़ेगी कोई काम। एक तो ममी थकी हुई लौटेंगी; दूसरे, उन्हें गुस्सा आएगा। अगर ममी पसंद करें तो छुट्टी वाले दिन टुनिया सारे घर का खाना बना दे। पर पसंद ही तो असली बात है। ममी को किसी के हाथ का बना खाना अच्छा नहीं लगता। कई नौकरों की मम्मी छुट्टी कर चुकी हैं। कोई चपाती मोटी बनाता था, तो कोई सब्ज़ी पतली बनाता। किसी की उन्हें सफाई नापसंद थी, तो किसी की हाथ की सफाई। ममी बहुत स्वादिष्ट भोजन बनाती हैं, पर किसी को सिखाना उनके वश की बात नहीं। झींकने लगती हैं।

मुक्तिदूत जी आए। पहले चाय पी। पापा ने खाने के लिए आग्रह किया। सहज भाव से वह रुक गए।

टुनिया ने अकेले हाथ सारा इंतज़ाम किया। वह दौड़-दौड़कर गर्म फुलका खिला रही थी। उसे बिलकुल कष्ट नहीं हो रहा था। मुक्तिदूत जी कब-कब आते हैं!

''आपकी लड़की की आवाज़ बहुत अच्छी है, इसका रेडियो ऑडिशन क्यों नहीं करवाते?'' मुक्तिदूत जी ने कहा।

पापा उत्साह और गर्व से बताने लगे, ''उसे समय ही कहाँ है रेडियो के लिए! फिर रेडियो में वे कलाकार जाते हैं जो मंच अथवा टी॰ वी॰ पर अयोग्य सिद्ध होते हैं। रेडियो तीसरी श्रेणी की प्रतिभाओं के लिए है। यह तो स्टेज की नामी कलाकार है। आए दिन इसके शो होते रहते हैं। बल्कि एक बार फिल्मों के लिए भी प्रस्ताव मिला। काफी नामी प्रोड्यूसर का था। लेकिन आप जानते ही हैं, बच्ची को वहाँ फँसाना तो बिलकुल गलत है। दो साल से कत्थक सीख रही है। कॉलेज भी जाना रहता है। पढ़ाई में हरदम अव्वल आती है।''

''कौन, यह टुनिया?''

''यह तो अभी बिलकुल मूर्ख है। कुछ नहीं आता। वह मेरी बड़ी बेटी पपीहा।''

''नहीं सहाय साहब, मैं इसकी बात कर रहा हूँ, आपकी छोटी लड़की की। इसकी आवाज़ में एक संस्कार है। आजकल बहुत कम दिखाई देता है।''

फुलका लाते हुए टुनिया ने सुना, 'आपकी छोटी लड़की…'

सहसा विश्वास नहीं हुआ टुनिया को। इस घर में हमेशा दीदी की जय-जयकार हुई है। दीदी के गाने पर तालियाँ बजी हैं, दीदी के नृत्य पर बधाई मिली है। दीदी के प्रमाणपत्र मढ़ाए गए हैं। दीदी महान् है। दुनिया से कोई पूछे, दीदी क्या है!

पानी का जग लाते-लाते टुनिया के कानों में मुक्तिदूत जी की आवाज़ पड़ी है, ''सहाय साहब, आवाज़ से आप किसी की पूरी शख्सियत जान सकते हैं। सच्चे-खरे इंसान की आवाज़ नाभि से उत्पन्न होती है और उदर से टकराती हुई, एक समूची संस्कृति का दस्तावेज़ बन कंठ से निकलती है। आपकी छोटी लड़की की आवाज़ में यह सब है। उसकी आवाज़ एक समूची संभावना है।''

टुनिया का अंग-अंग सितार-सा झनझना उठा। क्या यह सच है? क्या यह सब उसी के लिए कह रहे हैं? बहुत मज़ाक करते हैं न। लेकिन हँस तो नहीं रहे। मज़ाक के मूड में तो नहीं दिखते। गंभीर होकर बोल रहे हैं। इतने बड़े साहित्यकार झूठ क्यों बोलेंगे? शायद झूठ ही होगा। यों ही उसे खुश कर रहे

हैं या पापा की खुशामद कर रहे हैं? खुशामदी तो नहीं लगते।

वह उनके सामने बोली ही कहाँ, वे ही बोलते रहे। क्या उन छोटे-छोटे अस्फुट जवाबों में से ही उन्होंने यह मणि ढूँढ़ निकाली? टुनिया ने सोचा था, उन्होंने उसे मूर्ख मानकर ही ज़्यादा बात नहीं की।

पापा गर्दन हिलाते हुए उनके आगे मिठाई की प्लेट बढ़ाने लगे। पापा ने अपनी परिवार-प्रशस्ति शुरू कर दी, ''हमारे घर में सभी की आवाज़ बहुत अच्छी है। मेरे पिताजी की आवाज़ भी बहुत अच्छी थी। जब वे सस्वर रामायण-पाठ करते थे तो सारा मुहल्ला आ जाता था सुनने। भीड़ सँभालना मुश्किल हो जाता था। पपीहा की आवाज़ तो सबसे अच्छी है। क्या बताएँ, आज होती तो आपको उसका गाना सुनवाते!''

कुछ नहीं लेना-देना टुनिया को इस परिवार-पुराण से। अब लाख बार घरवाले उससे चाय बनवाएँ, पानी मँगवाएँ, सब्ज़ी कटवाएँ, कुछ नहीं व्यापेगा उसे। उसे आज यह कैसी संपदा मिल गई है? उसके कानों में ठुमरी-सी छोटी यह बात किस कदर ठुमक रही है, 'आपकी छोटी लड़की···आपकी छोटी लड़की।'

वसंत—सिर्फ एक तारीख

सच पूछो तो मैं महीनों बाद घर से निकली थी। यानी, चौक से आगे। चौक तक के तो दिन में दस चक्कर रोज़ ही लग जाते थे। बेसन से लेकर बॉर्नविटा तक की खरीदारी मेरे ही ज़िम्मे थी। यहाँ तक कि अब मैं आँख मूँदकर चलूँ, तब भी बता सकती हूँ कि यह मलाईवाली का चबूतरा है, यह गुलाब का चाट-ठेला है, यहाँ पर एक पागल आदमी बैठता है और यहाँ होम्योपैथिक डॉक्टर की उजाड़ दुकान, यहाँ गर्म इमरती हर वक्त छनती है और यहाँ भाँग की गोली मिलती है। आगे पुराना बजाजा है। उससे आगे टोकरियाँ बिकती हैं, नीम के नीचे मिर्च-मसाले और उससे आगे धागे मिलते हैं। ठहरिए, बीच में कीलवाले की दुकान तो छूट ही गई। यहाँ चौक से संगम जाने के लिए रिक्शे सस्ते मिलते हैं और दातुनें भी। यहीं से एक तरफ सब्ज़ी बाज़ार शुरू होता है, दूसरी तरफ मिठाई बाज़ार।

लेकिन यों ठीक से तैयार होकर तो मैं महीनों बाद निकली थी। मैंने सोचा था, लोग मुझे देखकर सवालों का ताँता लगा देंगे, 'कहाँ जा रही हो?', 'कैसे निकलना हुआ?', 'खैरियत तो है?' वगैरह-वगैरह। लेकिन बिजलीघर तक पहुँचते-पहुँचते मैंने पाया, लोगों को फुर्सत नहीं है। लोग बेतहाशा भागे जा रहे हैं—साइकिलों पर, स्कूटरों पर, रिक्शों में। वे न आपस में बोल रहे हैं, न इधर-उधर देख रहे हैं। बस, भागे जा रहे हैं। उनके ठीक सिर के ऊपर नीले आसमान में एक गुनगुना बादल ठुमक रहा है। लेकिन वे भागे जा रहे हैं। सड़क के उस पार एक बारजे में एक बेहद प्यारी बच्ची लाल मफलर बाँधे खड़ी हँस रही है, लेकिन वे भाग रहे हैं।

ये वसंत के दिन थे। ऋतुराज का महीना। जगह-जगह गुलाबी, पीले, नीले फूल सिर उठाकर खिलखिला रहे थे। सड़क के किनारे की पटरियों की दरारों तक में घास फूट आई थी। लोग अभी भी भाग रहे थे। मैं डर गई। कहीं शहर ही तो खाली होने नहीं जा रहा? क्या कोई महामारी फैलने वाली है या भूचाल

आने वाला है या···? मैंने घबराकर रिक्शेवाले से पूछा, "भई, तुम्हें पता है, ये इतने सारे लोग कहाँ जा रहे हैं?"

"जा रहे होंगे काम से।"

मुझे तसल्ली नहीं हुई। फुहारे के पास मैंने मूँगफलीवाले से फुटकर लेते हुए पूछा, "आज कोई खास बात है क्या? ये इतने सारे लोग कहाँ जा रहे हैं?"

"दस बजा है, ऑफीस जाय रहे होइहैं।" उसने मेरी तरफ हैरानी से देखा।

बेकार रहते-रहते मुझे तो यह भी भूल चुका था कि दस बजे का समय दफ्तर जाने का होता है। वर्षों से हमारे घर से कोई दफ्तर नहीं गया था। बेरोज़गारी हमारा पुश्तैनी रोज़गार था।

फिर भी हमारी गुज़र किसी तरह होती ही थी। दरअसल हम लेखन को समर्पित दंपती थे। सारी दोपहर हम कलम घसीटते थे, शामें कॉफी हाउस में बीतती थीं। सुबह हम अखबारों के दफ्तरों में ताक-झाँक करते पाए जाते थे। ये सब अपने आप में पूर्णकालिक काम थे। फिर भी समाज के मान्य अर्थों में हम बेरोज़गार थे। हर महीना जब बीत जाता, हमें हलका अचंभा और गहरी खुशी होती कि हम भूख, महँगाई, बीमारी और दुर्घटनाओं को चकमा देते हुए एक और महीना ज़िंदा रह लिए।

लेकिन आज चूँकि मौसम अच्छा था, जेब में रिक्शे के लिए पैसे थे, धोती में कलफ था, चप्पल साबुत थी, इसलिए मैं अपने पुश्तैनी रोज़गार को चुनौती देती हुई अपनी आकांक्षाओं का आकाश तलाशने निकल पड़ी थी। आज मैंने दुर्जन सिंह और जाननिकाल सिंह को भी साथ नहीं लिया था। नहीं तो दुर्जन सिंह और जाननिकाल सिंह भला मुझसे छूटते हैं! मेरी उँगली से बँधे, मेरी धोती से लिपटे, परिवार नियोजन के ये नन्हे-नन्हे प्रश्नचिह्न हर घड़ी मेरे अगल-बगल दिखाई देते हैं। लेकिन आज मैंने उन्हें चिज्जी का चस्का देकर कहा, "बेटे, आज अम्मा को जाने दो। हो सकता है, जब अम्मा लौटे तो उसकी जेब रकम से भारी हो।" दुर्जन सिंह और जाननिकाल सिंह कुछ समझे नहीं, वे दस पैसे लेकर लाई के लड्डू लेने दौड़ गए।

मेरी संवेदना वसंत का आनंद ले रही थी। मेरी चेतना एक महत्त्वाकांक्षी योजना बना रही थी। मेरी पहचान की एक महिला अभी पिछले महीने गांधी कॉलेज की प्राचार्या बनकर शहर में आई थीं। जिस दिन यह जानकारी मुझे मिली, मेरे आह्लाद की कोई सीमा न रही। मुझे अनायास याद आ गईं, गर्म कपड़ों के ट्रंक में सबसे नीचे गोल लपेटकर रखी गईं अपनी डिग्रियाँ। इस बीच कितनी

ही बार कपड़ों को धूप दिखाई गई थी। उनमें फिनायल की गोलियाँ डाली गई थीं। कपड़े धुलवाए गए थे, जमाए गए थे, उठाए गए थे। यहाँ तक कि ट्रंक पर रोगन भी कराया गया था। लेकिन वे दो कागज़ मेरी जड़ता के टेलिस्कोप बने वैसे ही पड़े रहे।

इनसे जब मेरी पहचान हुई, ये प्राचार्या नहीं थीं, मेरी प्राध्यापिका थीं। ये छायावादी किस्म के गीत लिखा करती थीं, जो हमें निराला, पंत और महादेवी वर्मा की कविताओं के साथ-साथ अनिवार्य रूप से उनके कंठ से सुनने पड़ते थे। उनकी चापलूसी करने का अचूक तरीका यह था कि उनके गीत कंठस्थ कर लिए जाएँ। इसी चक्कर में मैंने उनके बहुत-से गीत याद कर डाले थे। उनके आगमन ने मेरे अंदर महत्त्वाकांक्षाएँ जगा दी थीं। मैं बेरोज़गार से बारोज़गार होना चाहती थी। मैं घर का खूँटा तुड़ाकर आज़ाद होना चाहती थी।

गांधी कॉलेज हूबहू वैसा कॉलेज था, जैसा हर शहर के हर चौराहे पर होता है। केवल लड़कियों की यूनिफॉर्म भिन्न रंग की थी। यह केवल इसी प्रदेश का कमाल था कि स्कूल को भी कॉलेज कहा जाता था। उसी तरह की प्राचार्या बनी श्रीमती शांता सक्सेना इस वक्त, उसी तरह की एक टीचर से शाब्दिक हिंसा कर रही थीं, जिस तरह युग-युगों से प्राचार्याएँ टीचरों से करती आ रही हैं। गांधी कॉलेज में दीवारों के अलावा कुछ भी गांधीवादी नहीं था।

मेरे बैठने का उनके तापमान पर कोई असर नहीं हुआ। टीचर को पूरी तरह रुआँसा बनाकर वह मेरी ओर एक निहायत रूखे अंदाज़ में मुखातिब हुईं।

मैंने जल्दी से कहा, ''मैं आपकी भूतपूर्व छात्रा चंदा चौधरी। कुछ याद आया?''

उनकी त्यौरियाँ घटीं, लेकिन मिटीं नहीं।

''कहाँ? अच्छा, बरेली में।''

''नहीं, रायबरेली में।'' मैंने कहा और हँस पड़ी।

वे नहीं हँसीं। वे हँस नहीं पाईं। वे शायद अब हँसती नहीं थीं।

''ओह, बड़ी पुरानी बात हुई यह। कहो, क्या काम है?''

''काम तो कुछ नहीं मिसेज़ सक्सेना! आपका लिखा एक गीत याद आ गया तो मिलने चली आई :

नेह सरि में तिर रहे हैं भावना के दीप मेरे,
उर्मियाँ उन्मुक्त मन से गा रही हैं गीत मेरे।''

स्मृति के गोदाम से मैंने बमुश्किल यह कबाड़ ढूँढ़कर निकाला था।

उन्होंने हैरानी से सुना, जैसे यह किसी और की कविता हो और सिर हिलाया, ''अच्छी है, अब आज ऐसी चीज़ें कहाँ लिखी जाती हैं। अब तो गद्य, पद्य, नाटक, फिल्में सबमें घूम-फिरकर बस सैक्स-वैक्स ही होता है।''

मैंने प्रतिवाद करने की बजाय विषयांतर उचित समझा। मैंने बताया, मैं उनकी कितनी प्रिय छात्रा थी। मुझे उनके कितने गीत अभी तक याद हैं और उनके मार्ग-निर्देशन में मुझे काम करना कितना अच्छा लगेगा।

खुश होकर वे अपनी मेज़ की दराज़ खोलने की कोशिश करने लगीं। असफल होकर उन्होंने घंटी बजाई। एक मरियल-सी दाई ने आकर फौरन दराज़ खोल दी।

तभी लड़कियों का एक झुंड आया। उनमें से एक लड़की ने आगे बढ़कर कहा, ''गुरुजी, हम पानी पीने बाहर जा सकते हैं? कॉलेज के नल बंद हो गए हैं।''

''नल बंद हो गए हैं तो मैं क्या करूँ? प्यासी बैठो। तुम लोगों को बाहर जाने का बहाना चाहिए।''

लड़कियाँ होंठों पर जीभ फिराती वहाँ से हट गईं। मिसेज़ सक्सेना ने दाँत पीसे, ''उफ, ये लड़कियाँ! कॉलेज आती ही क्यों हैं? कभी इनकी किताब घर पर रह जाती है, कभी इनके पेट में दर्द उठ जाता है, कभी प्यास लग आती है, कभी इनकी माँ की तबीयत खराब हो जाती है···इसीलिए तुमने देखा चंदा, मैंने बड़ा फाटक बंद कराया हुआ है। तब भी ये सुनतीं नहीं। फलाँगने की कोशिश करती हैं। कितनी बार मैंने लड़कियों को खुद पकड़ा है, अपने हाथ से।'' उन्होंने अपना गदबदा हाथ टेबल पर पूरा पसार दिया।

गेट पर एक दाई हाथ में नीम की लचीली टहनी लिए बैठी हुई थी। आसपास मँडराती लड़कियों को वह ऐसे भगा रही थी, जैसे कौवे भगा रही हो। मैंने देखा, इस कमरे में जो भी आता, उसकी शक्ल पर मुर्दनी छा जाती।

अध्यापिकाएँ पास रखी टेबल से चौड़े-चौड़े उपस्थिति रजिस्टर उठाकर कमरे से बाहर क्लासों में जा रही थीं। उनके चेहरों पर मौसम का कोई रंग नहीं था। उनकी शक्लों पर बेहिसाब सुस्ती थी। चपल, चंचल, ताज़ा दिमाग बच्चों पर इनकी भंगिमा का क्या असर पड़ता होगा, यह पता लगाना मुश्किल न था।

खिड़की के पीछे पीपल पागल-सा पत्ते गिरा रहा था। अंदर गोबर रंग की कीमती साड़ी में श्रीमती शांता सक्सेना प्रशासन में मगन थीं। उन्हें इसकी कोई खबर नहीं थी कि पोनप्पा रोड आजकल कितनी खूबसूरत हो गई है, ड्रमंड रोड रात में रजनीगंधा और रातरानी की मिली-जुली गंध से मतवाली हो जाती है,

यूनिवर्सिटी की लड़कियों ने स्वेटर उतार फेंके हैं और मेहँदी हसन आजकल हिंदुस्तान आया हुआ है। वे ज़ोर-ज़ोर से फोन पर चिल्ला रही थीं, ''हैलो, सीमेंट क्यों नहीं भेजी? क्या कहा, उनतीस तारीख? नहीं-नहीं, बहुत लेट हो जाएगा।''

वसंत और वित्त-वर्ष की टक्कर में वसंत हार गया था।

घंटी बजने पर एक बार फिर कुछ चहल-पहल पैदा हुई। कुछ अध्यापिकाएँ आईं। कुछ गईं। एक अध्यापिका टेबल के पास चुपचाप आकर खड़ी हो गई।

''क्या है?'' श्रीमती शांता सक्सेना ने उसकी ओर देखा।

''दीदी, वह मेरी एप्लीकेशन आपने देखी होगी?''

''हाँ, बताया तो तुम्हें। कल ही कहा था न, तुम्हें छुट्टी नहीं मिल सकती। टेंपररी प्राइमरी टीचर को हम कैज़ुअल के सिवा और कोई छुट्टी नहीं देते।''

''आपकी बात सही है दीदी, लेकिन डॉक्टर ने हमें अब आने को मना किया है।'' अध्यापिका गर्भावस्था के अंतिम चरण में थी।

''तो मैं क्या करूँ? पहले नहीं सोचा था!''

अध्यापिका इतनी पीली, दुर्बल, निरीह और कातर लग रही थीं कि मुझे लगा, घबराहट में उसका प्रसव यहीं, इसी वक्त न हो जाए।

श्रीमती शांता सक्सेना ने एक बहुत भारी-भरकम रजिस्टर अपने सामने खोलकर रख लिया और हिसाब मिलाने लगीं। तभी एक पृष्ठ पर वे चील की तरह झपटीं, ''यह दो रुपए सत्तर पैसे का हिसाब क्यों नहीं मिल रहा है? फीस बाबू को बुलाओ···ऐ रमपतिया, फीस बाबू कहाँ हैं?''

अध्यापिका ने हताश स्वर में कहा, ''दीदी, फिर आप ही बताइए, हम क्या करें?''

''इस्तीफा दे दो। तुम्हारी भी मुश्किल दूर हो जाएगी, हमारी भी। ठीक है न? भई, हम तो साफ बात करते हैं। अब मार्च के महीने में लड़कियों की पढ़ाई कैसे हर्ज कराएँगे? यही तो कोर्स खत्म करने के दिन हैं। फिर इम्तहान का काम सर पर है। तुम्हारे बस का नहीं अब पढ़ाना-वढ़ाना। इस वक्त क्या कोई क्लास नहीं है?''

''दीदी, आपसे बात करना ज़रूरी था, इसलिए पाँच मिनट रुक गए।''

''बस, यही तो है। काम आधा-पौना करती हो और छुट्टी माँगने में सबसे आगे। ऐसी हरकतों से परमानेंट भी कैसे होगी? आराम से घर बैठकर बच्चे पैदा करो। अरे, काम करने के लिए डेडिकेशन चाहिए। आज की पीढ़ी में तो यह है ही नहीं।''

अध्यापिका मुँह लटकाए धीमे कदमों से सामने से हट गई। उसका चेहरा बेहद निराश और मृत लग रहा था। उसकी आँखों में कुछ ऐसी व्यग्रता थी, जैसी प्राण निकलने से पहले चिड़िया की आँखों में होती है।

बैठे-बैठे मेरी कमर अकड़ गई थी। बीच में प्यास भी लगी थी, पर नल बंद होने की बात मुझे याद थी। मैंने उठने का उपक्रम किया।

श्रीमती शांता सक्सेना ने कहा, "अरे चंदा, तुम्हारी नौकरी का इंतज़ाम तो मैंने कर ही लिया है, संपर्क बनाए रखना। ये श्रीमती जी ज़्यादा से ज़्यादा एक हफ्ते की मेहमान हैं। भई तुम पुरानी छात्रा हो, तुम्हारी मदद हम नहीं करेंगे तो क्या गैर करेंगे?"

मेरे पैरों में कँपकँपी उठी, जैसी स्कूल के दिनों में दौड़ने से पहले उठा करती थी। दिमाग में कोई दमामे बजा रहा था।

शायद मैं उनके कमरे से शालीनतापूर्वक उठी थी। शायद मैं फाटक से बाहर आ गई थी। शायद मैं लड़खड़ाई नहीं थी। तभी तो इस वक्त मैं रिक्शे में बैठी थी। अगल-बगल के फुटपाथों पर नगर महापालिका द्वारा लगाए गए नीले, पीले, गुलाबी फूल उसी तरह इतरा रहे थे, पर मैं उधर नहीं देख रही थी। मेरे अंदर एक वसंत अभी-अभी झुलसकर मर गया था।

लड़के

हालात इससे बदतर हो नहीं सकते थे, या शायद हो भी सकते थे। सबसे बड़ा संतोष यह था कि लोग अभी ज़िंदा थे।

लोगों में बेहिसाब जिजीविषा थी। पेट पूरा भरा हो, तब तो ज़िंदा थे ही, पेट पूरा न भरा होने पर भी ज़िंदा थे। साल दर साल वे सूखे से, बाढ़ से, बीमारियों से, भूकंप से लड़ते और ज़िंदा रहे आते। दिन-प्रतिदिन वे महँगाई, मिलावट और मक्कारी से भिड़ते और ज़िंदा रहे आते। कभी-कभी लोगों को गुस्सा आता। गालियाँ देने लगते, कभी सरकार को, कभी अखबार को और आखिर में अपने भाग्य को। लीडर सुनते और लाड़ से हँस देते। उन्हें पता था, ऐसी गुर्र-गुर्र तो लगी ही रहती है। पाँच साल बाद एक दिन जाएँगे, सारे शिकवा-शिकायत दूर कर देंगे। उनके होते देश में आज़ादी ही आज़ादी थी। बल्कि पंद्रह अगस्त और छब्बीस जनवरी को तो आज़ादी दिखाई भी दे जाती थी, झंडियों की शक्ल में। फिर हगने, मूतने, थूकने के अलावा खाँसने, खँखारने और कराहने की भी खुली छूट थी। हवा पर कोई प्रतिबंध नहीं था। साँस चाहे आप तीव्र गीत से लें चाहे मंद, कोई एतराज़ नहीं करता था। इस पर टैक्स भी माफ था। बदलते मौसमों पर कोई आयोग नहीं बैठाया गया था। उनके पासपोर्ट उनके पास थे। वे धड़ल्ले से आते-जाते रहते। सूरज, चाँद, सितारे, नदी, पेड़, पर्वत सब मटरगश्ती पर उतारू थे। धरती पर स्वर्ग लाने में और कोई कसर नहीं थी।

कॉलेज के अहाते से अभी-अभी लड़कों का एक झुंड निकला। किस्म-किस्म के लड़के : फीके, मीठे, नमकीन, दुष्ट, रुष्ट और हृष्ट-पुष्ट। हलकी ठंड की शुरुआत के बावजूद स्वेटर केवल दो ने पहन रखे थे। बाकी जींस या बेलबॉटम में थे। एक लड़के ने बेलबॉटम के साथ पारदर्शी स्कीवी पहन रखी थी, बस। लड़के प्रसन्न नहीं लग रहे थे। लड़के अप्रसन्न नहीं लग रहे थे। लड़के उत्तेजित थे। वे ज़रूरी बातचीत करने कंपनी बाग जा रहे थे।

कंपनी बाग शहर का सबसे बड़ा बाग था। कॉलेज के ठीक सामने, सुबह अकसर मोटे-थुलथुल लोगों को इसकी चारदीवारी के आसपास चहलकदमी करते या भागते देखा जा सकता था। वे हाँफते, भागते, थमकर फिर भागने लगते, जब तक कि डॉक्टर की ताकीद का अमल नहीं हो जाता। दोपहर में कंपनी बाग लड़कों से भर जाता। इनमें अधिकतर कॉलेज या यूनिवर्सिटी से पीरियड गोल करने के आदी छात्र होते या संगीन कार्यवाही करने को उद्यत जोड़े। कहते हैं, शाम को इस पार्क में केवल चोर, गुंडे और जेबकतरे घूमा करते थे। जैसे पारी बँधी हुई हो, कोई किसी का रास्ता नहीं काटता।

जिस लड़के की कमीज़ पर सेलर लिखा था, बोला, ''यार, कुछ भी कहो, इस साल पढ़ाई में कुछ मज़ा नहीं आ रहा। साला सब बोर।''

चश्मेवाले लड़के ने कहा, ''इस साल लड़कियाँ भी तो काफी वाहियात आई हैं, एक से एक चश्मुद्दीन।''

दो-चार लड़के उसकी ओर कौतुक से हँसे।

''बाई गॉड, हम चश्मा लगाते हैं, लेकिन देखना कतई गवारा नहीं करते।'' उसने बिना झेंपे कहा।

''कुछ बताओ यार, कैसे कटेगी?'' एक ने लंबी साँस छोड़ी।

एक और लड़का, जिसकी आँखें चकमक पत्थर की तरह चमक रही थीं, बोला, ''बड़े हनुमान जी पर झाँझ-खड़ताल बजाकर ही कटेगी और कैसे कटेगी?''

''खड़ताल-हड़ताल से क्या होता है जी!'' जिस लड़के की कमीज़ पर सेलर लिखा था, बोला।

''वह मारा! हाँ, हड़ताल से कुछ होगा!'' दो लड़के एक साथ बोले, ''बाई गॉड, हड्डियाँ जाम हो गई हैं क्लास में बैठे-बैठे।''

सबको यह दैवी संदेश लगा।

लेकिन हड़ताल का मकसद क्या हो, वे सोचने लगे। क्या वे यह कहें कि उनका हिंदी प्रोफेसर रोज़ समय से आ जाता है, इस पर उन्हें एतराज़ है, या यह कि क्लास में बाईं तरफ दस बजे धूप आ जाती है, इसलिए, या वे कहें कि मैदान में उगे पेड़ वॉलीबाल में अड़चन डालते हैं, या कॉलेज में नल बारह बजे बंद हो जाता है। देखा जाए तो इनमें से एक भी बात को लेकर वे व्यग्र नहीं थे। लेकिन वे कुछ कर गुज़रना चाहते थे। उन्हें कोई कार्यक्रम नहीं मिल रहा

था—न घर में, न बाहर। वे अपनी ऊर्जा का इस्तेमाल करना चाहते थे। हलचल के नाम पर उनके पास था ही क्या—अखबार की दी हुई ख़बरें, सरकार की दी हुई बेरोज़गारी और परिवार की दी हुई परेशानियाँ। वे इन तीनों से बिदकते थे। इस उम्र में वे तगड़े बकरों-सा उछलना चाहते थे।

बहरहाल हड़ताल तो करनी ही थी। शहर में एक सेवा समिति थी। उसके मंत्री काफी धाकड़ थे। हड़ताल कराने, हड़ताल स्थगित कराने, हड़ताल समाप्त कराने जैसे कार्यों में उनका सहयोग रहता था। उनसे पूछा जाए।

उनसे पूछा गया।

उन्होंने बता दिया।

धड़ाधड़ पर्चे छपवा लिए गए, बैनर बन गए, माइकवाले को माइक के लिए ऑर्डर दे दिया गया। हड़ताल का मुद्दा था—प्राध्यापकों के चयन में छात्रों का प्रतिनिधित्व।

समिति के मंत्री ने तो यह सुझाव दिया कि हड़ताल और क्रमिक भूख हड़ताल समानांतर रखी जाएँ, इससे तुरंत असर पड़ेगा, लेकिन छात्रों को यह नहीं जँचा। जब रोज़ ही भूखे रहते हैं तो भूख हड़ताल में क्या तुक! यों उन्हें हड़ताल का मुद्दा भी खास पसंद नहीं आया था। वे जानते थे, जो भी आएगा, एक-सा पढ़ाएगा—जड़, बेहूदा और बेमतलब। उस पढ़ाई का इससे कोई ताल्लुक नहीं होगा कि अर्जुन सिंह का बाप नौ अगस्त को रिटायर हो रहा है, कि सुनील वर्मा की दो बहनें लगातार जवान हो रही हैं, कि अनूप कौशिक का बड़ा भाई अब तक तीन सौ बयासी रुपए सत्तर पैसे महज़ नौकरियों के लिए आवेदन-पत्र भेजने में तबाह कर चुका है। उस पढ़ाई का इससे भी कोई ताल्लुक नहीं होगा कि गेहूँ दिनोदिन महँगा होता जा रहा है, बाज़ार से कभी कोयला गायब हो जाता है, कभी मिट्टी का तेल। शहर की सभी मुख्य-सड़कें टूटी पड़ी हैं और चौराहों पर सरेआम जेब कट जाती है।

लेकिन जब तक कुछ और करने को न हो, तब तक हड़ताल तो करनी ही थी, अपने हक का इस्तेमाल!

पढ़कर निकलने की जल्दी भी किसे थी? जो निकले थे, वे भी रो रहे थे; जो नहीं निकले, वे भी। फिलहाल पढ़ाई एक तगड़ा बहाना था। अम्माँ सुबह उठकर नाश्ता तैयार कर देती थीं। पिताजी से किताब-कॉपी के नाम पर नामा भी मिल जाता था। पढ़ चुके तो यह उम्मीद भी गोल। घर-भर के लिए यह एक

फख्र का विषय था कि लड़का कॉलेज जाता है। इस बात के आगे बाकी सारे सवाल स्थगित हो जाते थे।

तय हुआ कि बाकायदा गंगा-स्नान के बाद नारियल तोड़कर हड़ताल का श्रीगणेश किया जाए। फूलमालाएँ गले में डाल एक गुट कुलपति का घेराव करे और दूसरा कक्षाओं का बहिष्कार। शहर के हर कार्यकलाप में गंगा-स्नान का बड़ा महत्त्वपूर्ण स्थान था। अगर शहर में नदी न होती तो शहर के लोग अपना दिन कैसे शुरू करते, कहना मुश्किल था। लोगों का कहना था कि जिसने जो चाहा, गंगा माई ने बख्शा था। इसलिए सुबह चार से आठ बजे तक यह शहर ताबड़तोड़ नहाता था। दातुनें चबाता, कंधे पर अँगोछा डाले शहर नदी की ओर दौड़ पड़ता। इस कार्यक्रम में वे लोग तो थे ही, जो पिछले अट्ठाईस साल से निरंतर नहाते चले आ रहे थे, वे भी थे जो शौकिया नहाऊ थे। वे वृद्धाएँ भी थीं, खाँसी-जुकाम, निमोनिया से परे, हर साल जिनसे मृत्यु कुछ इस तरह खिसक जाती, जैसे गंगा का किनारा। यहाँ तक कि शहर के कई मशहूर कालाबाज़ारिए, मोटी तोंद वाले हलवाई, वेश्यागामी पंडे और चंद जेबकतरे भी अपना दिन गंगा-स्नान से ही शुरू करते थे।

लड़के यों तो नहाने के खास शौकीन नहीं थे। कइयों को देखकर लगता था कि इस दैनिक कर्म में उनकी कोई आस्था नहीं है, लेकिन वे भी गंगा की महिमा बचपन से ही सुनते चले आ रहे थे। फिर हड़ताल तो कायदे से होनी ही चाहिए।

लिहाज़ा, उन्नीस लड़कों की टोली बन गई। जब वे घंटाघर से बाँध के लिए रवाना हुए, मन काफी मस्त हो आया। पिछले दिन का आक्रोश सुबह की ठंडी हवा में ठंडा हो गया। तीन लड़के आने से रह गए। उनका इंतज़ार करना उचित नहीं समझा गया। दो-चार रिक्शावालों से पूछा, 'छह-छह सवारी, बाँध का क्या लोगे?' रिक्शावालों के मना करने पर टायरों की हवा निकालने का कार्य संपन्न किया गया। फिर उन्होंने दो इक्कों में अपने आपको लादा और इक्केवालों से लगाम और चाबुक सँभालकर चलते बने। रास्ते में दोनों इक्कों में होड़ लगी। एक का पहिया गड्ढे में उतरते-उतरते बचा और आखिर में वे सकुशल बाँध पर पहुँच गए।

बाँध पर काफी भीड़ थी। आज कार्तिक पूर्णिमा थी। लंबा-चौड़ा घाट था। अपार भीड़ स्नान कर रही थी। तिलक लगा रही थी, कपड़े बदल रही थी। ढेर के ढेर स्कूटर खड़े थे और साइकिलें। वहीं एक तरफ खड़ी थीं कई जीपें। लड़कों

ने गिना, सात पर भारत सरकार की तख्ती लगी थी, तीन पर प्रादेशिक सरकार की। ज़ाहिर है, भारत सरकार नहाने आई थी। लड़कों ने देखा, भारत सरकार मूली खरीद रही थी, भारत सरकार जलेबी खा रही थी, भारत सरकार पुण्य कमा रही थी। एक जीप मत्स्य विभाग की थी, एक स्वास्थ्य विभाग की। करदाता के खून-पसीने का पेट्रोल पेट में डाल ये जीपें दौड़ती रहती थीं साहब के लिए तरबूज़ लाने, साहब के बच्चे स्कूल पहुँचाने, साहब की मेम को सिनेमा दिखाने, साहब के रिश्तेदार स्टेशन पहुँचाने। लड़कों ने जीपें और जीपों के जमुहाइयाँ लेते ड्राइवर देखे। ड्राइवरों के चेहरों पर बेगार का असंतोष था। एक जीप माप-तौल निरीक्षण विभाग की थी। इसके एक कर्मचारी सुनील वर्मा के घर के पास रहते थे। उनके घर में ऐसे कई बाटों का ढेर था, जिन पर एक किलो लिखा था, पर वे आठ सौ ग्राम के थे। ये उन्होंने शहर के सब्ज़ीवालों, फलवालों, मिठाईवालों से पकड़े थे। कुछ महीने ये बाट घर में पड़े रहते, फिर एक दिन चुपचाप उन्हीं के विभाग का एक आदमी ले जाकर इन्हें बेच आता।

अनूप, सुनील, अर्जुन, श्यामल और ताहिर काफी देर किनारे पर खड़े तमाशा देखते रहे। वीरेंद्र एक तरफ खड़ा तिरछी आँख से कपड़े बदलती एक औरत को देख रहा था। अर्जुन सिंह का ध्यान पंडों पर था।

"साला आगे बढ़ने ही नहीं देता," अर्जुन सिंह ने अनूप को दिखाया।

"देख लेना, शाम तक यह सौ रुपए कमा लेगा। हमसे तो यही अच्छा है। हो सकता है, दो जमात भी पढ़ा न हो; पर अच्छे-अच्छे पढ़े-लिखों का शिकार कर रहा है।"

"सबके सब शिकारी हैं यहाँ। कोई तराजू से शिकार करता है, कोई चंदन से, कोई मीटर से, कोई लिटर से।" ताहिर बोला।

"सबसे बड़े शिकारी तो ये हैं," सुनील ने कड़वाहट से कहा, "जीपों में लद-लदकर आने वाले अफसरान। इन्हीं को भ्रष्टाचार की जाँच-पड़ताल का ज़िम्मा सौंपा जाता है।"

श्यामल मन ही मन डर रहा था। उसके पिता शिक्षा विभाग में काम करते थे। सुबह उसके कान में भनक पड़ी थी कि घर में सबका नहाने का कार्यक्रम है, जीप आने वाली थी। वह मना रहा था, जीप न आई हो।

अर्जुन सिंह ने कहा, "आयँ असाँ चले हैं हड़ताल करने। हड़ताल करनी

है तो इनके खिलाफ करो। इनसे कहो, कुर्सियाँ खाली करें, हम आ रहे हैं।''

अनूप बोला, ''यार, मुझे भी हड़ताल के नाम पर आलस आ रहा है। साला सारा दिन गला फाड़कर चिल्लाओ और घर जाकर डाँट सुनो।''

''दरअसल मुद्दा कुछ ठीक नहीं है।''

''नहीं जी, एक बार सोचकर पीछे हटना गलत है।'' ताहिर ने कहा।

श्यामल पहले ही ढुलमुल हो रहा था, बोला, ''मुझे तो स्टेशन पहुँचना है, बुआ जी आ रही हैं।''

''हजामत बहुत बढ़ गई है, बुलाकी के हो आएँ।''

तभी एक जीप दन्न से आकर उनके पास रुकी। जीप सिंचाई विभाग की थी। उसमें से कई लोग तौलिए लेकर उतरे।

ताहिर के मुँह से बेसाख्ता ठहाका निकल गया, ''आइए, आइए, बस आपकी कमी थी। हम सोच ही रहे थे, सिंचाई विभाग इस साल नहाने नहीं आया।''

सारे लड़के ठठाकर हँस पड़े।

आने वाले अचकचा गए। उनके चेहरों पर खिसियाहट थी। उन्होंने ध्यान से लड़कों को देखा, क्या पता कौन गुप्तचर विभाग का हो।

इंजीनियर थोड़ा हटकर अपने बाबू को धमकाने लगा, ''ऊपर शिकायत पहुँच गई तो सारा नहाना धरा रह जाएगा। मुझे ले डूबने की साज़िश करते हैं आप लोग। मैं आप सबकी सी॰ आर॰ बिगाड़ दूँगा।'' इंजीनियर खुद बेहद बौखलाया, खिसियाया हुआ था।

फिर वे लोग बिना नहाए लदर-पदर जीप में घुसे और वापस चले गए।

लड़कों का दिन सार्थक हो गया। वे हँसे और हँसते चले गए।

मस्ती में वे एक जीप में घुस गए। ड्राइवर शायद इंतज़ार से तंग आकर खुद नहाने चला गया था। जीप खुली हुई थी। अर्जुन सिंह को हर तरह की गाड़ी चलाने का तजुर्बा था।

लड़के जीप ले उड़े। कुछ दूर ऊबड़-खाबड़ ज़मीन में चलकर जीप रुक गई। अर्जुन सिंह ने फिर स्टार्ट की।

तभी लड़कों ने देखा, जाँघिया पहने, नंग-धड़ंग अफसरों की एक छोटी-सी टुकड़ी उनके पीछे दौड़ रही है। ये शायद इस जीप के हाकिम थे। लेकिन अब जीप गति पकड़ चुकी थी। लड़कों का जोश बुलंद था। वे तालियाँ बजाते गा रहे थे :

"...ये दोस्ती हम नहीं तोड़ेंगे, तोड़ेंगे दम मगर तेरा साथ न छोड़ेंगे!..."

लड़के शहर से बाहर निकल गए। मूँगफली खरीद ली गई। रास्ते में पकौड़े भी खाए।

अगले दिन मुँहअँधेरे जॉनसनगंज के चौराहे पर एक जीप दुरुस्त हालत में बरामद हुई। जीप खाद्य नियमन अनुभाग की थी।

दल्ली

निधि की शादी करने के बाद मदान दंपती ने कहा, ''लोग बेटी का ब्याह करने पर गंगा नहाते हैं, हम गंगा मैली नहीं करेंगे।''

समिधा बोली, ''इससे अच्छा है, भारत-दर्शन पर चलें।'' घूमना उसका मनपसंद काम है। लेकिन जाने कब दिमाग में यह जमकर बैठ गया कि घुमक्कड़ी का असली मज़ा अपने साथी के संग ही आता है। फिल्मों, रोमांटिक उपन्यासों और अमर प्रेम-कथाओं पर पनपा उसका दिल अभी दसवीं पास कांता कुमारी की तरह सोचता है।

उसका बिस्तर-प्रेमी पति सफर के नाम से बिदकता है। अनुराग मदान को सफर के नाम पर गंदे प्लेटफॉर्म, घिचपिच भीड़ और जेबकतरे याद आते हैं।

''अखबार पढ़-पढ़कर तुम्हारे दिमाग का दिवाला निकल गया है।'' समिधा ने कहा।

''तुम जड़ता के आनंद में मगन-मन रहो। तुम्हारा वश चले तो तुम इसे रामराज्य कहो।''

''अच्छा, यह बताओ, अब तक सफर में कितनी बार तुम्हारी जेब कटी या कब तुमने खड़े-खड़े सफर किया?''

''इससे क्या? ये सब खतरे मौजूद तो हैं।'' अनुराग बोला।

''अब ऐसी समस्या नहीं है। वातानुकूलित श्रेणी में भी जा सकते हैं। अब तो हम वरिष्ठ नागरिक हैं।'' समिधा ने कहा।

''तुम हो, मैं नहीं।'' अनुराग ने स्पष्ट किया। वे हमसफर ही नहीं, हमउम्र भी थे। पत्नी साठ की होते ही रेलवे विभाग के लिए वरिष्ठ नागरिक बन गई थी, पति को अभी पाँच साल प्रतीक्षा करनी थी।

समिधा को कोई कुंठा नहीं। बोली, ''ऐसा लग रहा है, एक बार फिर लड़कपन लौट आया है। बारह साल तक आधी टिकट लगती थी, अब पौनी लगेगी।''

ताज्जुब यह था कि अनुराग सफर के लिए तैयार हो गया। उन्होंने सोचा था कि राष्ट्रगान के अनुसार 'पंजाब, सिंध, गुजरात, मराठा, द्रविड़, उत्कल, बंग' सब घूम लिया जाए। सिंध अब नक्शे से बाहर था। पंजाब, गुजरात, मराठा इतने प्रदेश देखने में ही दस दिन लग जाएँगे, इसलिए तय किया कि भारत-दर्शन दो टुकड़ों में किया जाए।

निश्चय आरक्षण में बदला और इस वक्त वे रेलवे स्टेशन पर थे।

कुली फोम के जूते पहने था। वह लंबे, फुर्तीले डग भर रहा था। उनकी दोनों अटैचियाँ और थैला उसने आसानी से उठा लिया और प्लेटफॉर्म नंबर सात के लिए चलने लगा। थोड़ी देर वे उसके साथ कदम मिलाने की कोशिश करते रहे, पर जल्द हाँफ गए। अब कुली आगे था और वे पीछे।

'कोई बात नहीं, पीछे से उस पर ज़्यादा नज़र रखी जा सकती है।' समिधा ने सोचा।

सीढ़ियों पर एक तरफ ऊपर की ओर चढ़ता हुआ रेला था, दूसरी तरफ उतरता हुआ। भीड़ में सिर ही सिर दिखाई दे रहे थे और सामान के चढ़ते-उतरते पिरामिडों की कतारें।

थोड़ी देर उन्हें अपनी बदरंग अटैचियाँ नज़र आती रहीं, फिर वे भीड़ में गड्डमड्ड हो गईं।

दोनों की नज़रें मिलीं। दोनों में डर था।

"क्या तुमने कुली का नंबर पढ़ा था?" समिधा ने पूछा।

"उसने मौका कहाँ दिया? बस, सामान उठाकर साबू की तरह चलता बना।"

"अब इस रेले में उसे कहाँ ढूँढ़ेंगे?"

अपने डिब्बे तक पहुँचने में वे दोनों पसीना-पसीना हो गए। देखा, कुली सामान समेत सिर घुमाकर उन्हें हेर रहा है।

समिधा ने कहा, "क्यों भइया, गाड़ी तुम्हें पकड़नी है या हमें? तीर की तरह पहुँचे हो। देख तो लेना था, सवारी कहाँ है।"

कुली ने कहा, "बहन जी, आपको तो एक गाड़ी पकड़नी है, मुझे तो दिन-भर में बीस गाड़ी पकड़नी होती हैं। जल्दी पैसे निकालिए। गाड़ी चलने वाली है।"

कुली ने बर्थ के नीचे सामान नहीं लगाया। उठंग खड़ी कर दोनों अटैचियाँ रास्ते के बीच अड़ाकर उनके ऊपर बैग रखा और बीस रुपए लेकर चलता बना।

असली मरण था झुकना। झुकते समय बड़ी शिद्दत से याद आ जाता कि उम्र की चोरबत्ती है कमर। इसीलिए ई टी सी चैनल पर लगातार फिल्मी नाच-गाने देखकर समिधा बोल उठती, 'हाय! ये लड़कियाँ कमर मटकाते-मटकाते कितनी थक जाती होंगी।' लोगों के पैरों के बीच किसी तरह अटैचियाँ ठेलीं और वे लस्त होकर बैठ गए। इच्छा हो रही थी कि तुरंत लेट जाएँ, साँस ज़रा सम पर आ जाए तो आँख खोलें, पर तभी टिकट-चेकर आ गया।

आरक्षण पक्का था, पर उसे अपनी ड्यूटी निभानी थी। उसने एक-एक चीज़ जाँची, जन्म-प्रमाणपत्र, नाम और तारीख।

समिधा ने चेकर से कहा, "मेहरबानी कर एक बर्थ नीचे की दे दीजिए, मैं चढ़ नहीं पाऊँगी ऊपर।"

"आप खुद किसी से कहकर देख लीजिए।" कहकर चेकर आगे बढ़ गया।

जिन यात्रियों की निचली बर्थ थी, वे झटपट लेट गए।

उनका लेटना इस दंपती के लिए इस बात की टल्ली थी कि अब आप अपनी बर्थ पर जाकर आराम फरमाइए, गोया यहाँ से हटिए।

दोनों ऊपर की सीटों को ऐसे देख रहे थे, जैसे वे हिमालय की चोटी पर स्थित हों। फिर अनुराग बगल की पैर-सीढ़ी से ऊपर चढ़ गया। चढ़ने के बाद वह नीचे उतर आया। उसने कहा, "उतना मुश्किल नहीं है। चलो, मैं तुम्हें मदद करूँ।"

समिधा ने कमर से दुपट्टा कसा, चप्पलें उतारीं और हिम्मत पहन ली। उसने पैर-सीढ़ी पर पहला कदम रखा। पति ने कहा, "देखो, गिर मत पड़ना। वैसे मैं नीचे खड़ा हूँ।"

तभी नीचे की बर्थ वाला यात्री अकबकाकर उठ बैठा। उसने कहा, "मैडम, आप परेशान न हों, मैं ऊपर चला जाता हूँ।" उन दोनों ने कृतज्ञता जताई। यात्री अपना चश्मा, अखबार और पान-मसाले का डब्बा लेकर ऊपर चला गया।

अनुराग ने हमेशा की तरह चश्मा, वॉलेट और घड़ी समिधा को पकड़ाई और सिर तक कंबल ढककर सोने की घोषणा जारी कर दी।

अब समिधा को नौ चीज़ों की चौकसी करनी थी। दोनों के चश्मे, बटुए और घड़ियाँ तो थीं ही, सीट के नीचे रखे सूटकेस और थैला भी। सुरक्षा-चेन वह जानबूझकर नहीं रखती थी, क्योंकि उसे बाँधने की कसरत उससे नहीं होती। मन में यही आता कि अटैचियों में आखिर ऐसा है ही क्या, कुछ जोड़ी कपड़े और कागज़-पत्तर, बस।

अनुराग कहता, 'मेरे कुर्ते इतने लंबे और खुरदरे हैं कि चोर उन्हें ले भी गया तो वापस कर जाएगा।'

पर देर तक नींद नहीं आई। सामान की असलियत पता होने पर भी चोरी का डर एक स्वतंत्र खतरा होता है। आजकल तो चोर रेल में चढ़कर चोरी के साथ-साथ मारपीट भी कर जाते हैं। समिधा सोचने लगी, कैसे होते होंगे रेल-चोर? वे कच्छा-बनियान गिरोह के होते होंगे या लोटा-चोर बिरादरी के? या इन्हीं सोते हुए यात्रियों में से कुछ लोग उठकर अचानक लूटपाट शुरू कर देते हैं?

कुछ भी हो, रेल-चोर होते तो होंगे जबर। डिब्बे के दोनों तरफ के टॉयलेट में से वॉशबेसिन के ऊपर का शीशा, टोंटी और मग नदारद थे। जहाँ-जहाँ लिखा था—'भारतीय रेल आपकी संपत्ति है, इसकी रक्षा स्वयं करें,' वहाँ-वहाँ चोरों ने कुछ न कुछ अवश्य उखाड़ा हुआ था।

समिधा को अपने पर हैरानी हुई। कहाँ तो उसने सोचा था, यात्रा में वह सिर्फ सुंदर दृश्य, मधुर बातें और अच्छे अनुभव इकट्ठे करेगी। कहाँ वह निर्मूल आशंकाओं से घिरी हुई है। रात के सफर उसे नागवार लगते हैं। न बाहर का दृश्य दिखाई देता है, न अंदर का अनुभव। सब के सब यात्री एक-से कंबल ओढ़कर लेटे हुए ऐसे लगते हैं, जैसे लाशगाड़ी जा रही हो।

समिधा ने अपना कंबल उघाड़ दिया। पानी पिया।

उसे लगा, भ्रमण अकेले करने का सुख इससे बढ़कर और बेहतर होता होगा। यह क्या कि दूसरे की इच्छा को आदेश समझो।

घर से चलते हुए अनुराग ने उसे घुड़का था। वह अकसर उसे अग्रिम घुड़क देता।

'सफ़र में कोई प्रसाद कहकर कुछ दे तो खा मत लेना। ज़हरखुरानों का किस्सा रोज़ अखबार में आता है। नशे का लड्डू खिलाकर यात्रियों को लूट लेते हैं। तुम तो तैयार बैठी रहती हो धोखा खाने के लिए।'

समिधा ने हमेशा की तरह मुँह लटका लिया। लड्डू और धोखे का रिश्ता वह आज तक नहीं बैठा पाई।

दिल्ली सकुशल पहुँच गए। इस बार प्लेटफॉर्म पर छाँटकर ऐसा कुली चुना, जो शक्ल से थका-हारा लगे। उसे पहले ही समझा दिया, 'भई धीरे-धीरे चलना।'

स्टेशन पर जगह-जगह लगे भारत-दर्शन के पोस्टर मन को आह्लादित कर रहे थे। हर पोस्टर 'स्वागत-स्वागत' बोल रहा था। स्टेशन इस वक्त साफ-सुथरा था। सुबह छह चालीस के वक्त एक नया-नकोर, प्रदूषणरहित दिन इन दोनों के

सामने प्रस्तुत था और वे मन में अगली यात्राओं के सुहाने नक्शे बना रहे थे।

अच्छी चाय की तलब लगी थी।

सीढ़ियों से ही कुछ लोग 'साब टैक्सी', 'साब स्कूटर' कहते पीछे लगे, पर अनुराग ने उन्हें मना कर दिया। पास ही के यात्री भवन जाना था। उसने कुली से कहा कि वह वहाँ तक पहुँचा दे।

''टाइम नहीं है।'' कुली ने कहा।

जैसे ही वे सीढ़ियों से नीचे उतरे, कुली को मय सामान हथियाने के लिए दो-तीन तरफ से लोगों ने घेर लिया। कुली असहाय-सा सामान के मालिकों की तरफ देखने लगा। फिर उसने अनुराग से कहा, ''हमें कहीं नहीं जाना है, सामान छोड़ दीजिए।''

सफेद कोट पहने एक आदमी ने कहा, ''मोहन होटल चलिए साब, एकदम सामने है। फर्स्ट क्लास कमरा, बाथरूम साथ में साब।''

''श्री कृष्णा लॉज चलिए साब, बिलकुल नज़दीक है।'' दूसरा बोला।

कुली बोला, ''सामान गिन लीजिए साब, हमें पैसे दीजिए, हम जाएँ।''

समिधा बिगड़ी, ''यहाँ दलालों के बीच हमें फँसाकर तुम जा रहे हो?''

कुली ने पास खड़े पुलिस के सिपाही की ओर इशारा किया और पैसे लेकर चला गया।

अनुराग ने सिपाही से कहा, ''देखिए, हमें यहीं, पास के यात्री भवन में जाना है। होटलों के एजेंट परेशान कर रहे हैं। हमारे ठहरने की जगह हम तय करेंगे या ये? इन्हें मना कीजिए।''

सिपाही ने डंडा फटकारकर सबको भगाया। फिर बोला, ''आप वहाँ जाना चाहते हैं तो कोई बात नहीं, पर मैं वहीं से आ रहा हूँ। वहाँ सारे कमरे बुक्ड हैं, जगह नहीं है।''

वरिष्ठ दंपती ने गर्दन उठाकर उस भव्य इमारत को देखा। इतने कमरों वाले भवन में दो पर्यटकों के लिए क्या एक कमरा भी नहीं होगा?

एक मन हुआ, सिपाही की बात मान लें। सरकारी आदमी है, सच ही बोल रहा होगा।

फिर सोचा, चलकर देख लेने में क्या हर्ज है?

रिक्शे में सामान रखवाकर यात्री भवन पहुँचे। साफ-सुथरा, हरा-भरा परिसर देखकर ही तबीयत खिल उठी। पोर्च में एक मोटरबाइक खड़ी थी, जिसके इर्द-गिर्द दो-तीन लोग पेपरकप में चाय पी रहे थे। अंदर काउंटर खाली था।

उन दोनों ने थोड़ी देर प्रतीक्षा की।

खाकी कपड़ों में एक आदमी लाउँज की तरफ से आया। उसने कहा, ''यहाँ कोई कमरा नहीं है।''

''किसी ज़िम्मेदार आदमी से बात करवाओ।'' अनुराग ने कहा।

वह बाहर पोर्च में आ गया। उसने मोटरबाइक के पास चाय पीते लोगों से कुछ कहा।

जल्द ही चाय पीने वाली सारी टुकड़ी ने अंदर आकर काउंटर पर अपनी जगह सँभाल ली।

उनमें से एक ने रजिस्टर में देखते हुए पृष्ठ पलटे और चश्मा खिसकाते हुए कहा, ''इस वक्त कोई कमरा उपलब्ध नहीं है।''

यात्री भवन में पसरा सन्नाटा देखकर यकीन नहीं हो रहा था कि इसके सैकड़ों कक्ष इस समय भरे होंगे। न कोई आता दिख रहा था, न जाता।

''क्या एक भी कमरा नहीं होगा?''

''बताया न आपको।''

''ज़रा रजिस्टर देखें आपका,'' अनुराग ने कहा तो पहली बार काउंटर-कर्मचारी ने उसे गौर से देखा।

अनुराग का खादी का लिबास प्रायः लोगों को इस भ्रम में डाल देता कि वह ज़रूर कोई राजनेता है।

दूसरे कर्मचारी ने कहा, ''आप परेशान न हों सर! बगल में लालमहल होटल है। यहाँ से बड़े और शानदार कमरे हैं वहाँ। किराया भी वाज़िब है। मैं रिक्शेवाले को समझा देता हूँ, वहाँ चले जाइए।''

इन दोनों को गैर-सरकारी होटलों से डर लगता था। पत्नी को सारी रहस्य-रोमांच वाली फिल्में और कहानियाँ एक साथ याद आ जातीं। उनके लिए आज भी सरकार शब्द में सुरक्षा, विश्वास और सच्चाई निहित थी।

फिर लालमहल नाम ही काफी तिलिस्मी लग रहा था।

समिधा ने कहा, ''देखिए, दस घंटे बाद हमें फिर सफर करना है। हमारे पास पिछली-अगली यात्राओं के वैध टिकट हैं। कायदे से हमारा हक बनता है यहाँ।''

अब दूसरा कर्मचारी बोला, ''वातानुकूलित कमरा खाली नहीं है।''

''कोई बात नहीं। मौसम अच्छा है, सामान्य कमरा भी चलेगा।''

बड़े बेमन से कर्मचारी ने एक कार्ड उनके सामने पटक दिया। अनुराग

ने कार्ड में विवरण भरा।

कर्मचारी ने कहा, ''आपको दो दिन का किराया देना पड़ेगा।''

''क्यों?'' वे चौंके।

''हमारा चेक-इन टाइम दस बजे है। आप पहले आ गए हैं।''

''हम पंद्रह-बीस मिनट इंतज़ार कर लेते हैं।''

''पर आपकी गाड़ी का समय छह चालीस है सर!''

अनुराग ने कहा, ''आप दिखाएँ, कहाँ लिखा है?''

काउंटरकर्मी भड़क गया, ''आप इंस्पेक्शन पर नहीं आए हैं, जो आपको कागज़ दिखाएँ।''

''दुनिया-भर के होटलों में आने के वक्त से किराया लिया जाता है, गाड़ी के वक्त से नहीं।''

काफी बहस और इंतज़ार के बाद कमरा आवंटित हुआ। शुल्क जमा किया गया और काउंटरकर्मी ने कहा, ''चार सौ नौ।''

वे सामान के लिए इधर-उधर सहायक खोजने लगे।

''सामान आपको खुद ले जाना पड़ेगा।'' कर्मचारी ने बताया।

किसी तरह वे सामान घसीटकर लिफ्ट तक लाए। चौथी मंज़िल पर आकर उन्होंने पाया कि कई गलियारे और मोड़ पार कर अटैंडेंट के हाउसकीपिंग पटल के पास चार सौ नौ है।

आगे-पीछे के गलियारों के सभी कक्ष खाली पड़े साँय-साँय कर रहे थे। गलियारों की छत में कबूतर फड़फड़ा रहे थे। फर्श पर हफ्तों पुरानी बीट चिपककर सूख गई थी। पूरी मंज़िल पर इन दो यात्रियों के सिवा कोई आहट नहीं थी।

सामान उठाना एक समस्या थी। उन दोनों को लग रहा था, यह समस्या सारे भ्रमण में साथ चलेगी। उन्होंने तय किया कि सामान नीचे क्लॉकरूम में जमा कर दें।

सिर्फ थैला लेकर समिधा कमरे की तरफ चली।

सूटकेस लेकर अनुराग नीचे आया। क्लॉकरूम के सहायक ने सामान घुमा-फिराकर अच्छी तरह जाँचा और कहा, ''ये जमा नहीं हो सकते।''

''लेकिन क्यों?''

''इनमें ताले नहीं लगे हैं।''

''इनमें स्वचलित ताले लगे हैं, जो सिर्फ नंबर से खुलते हैं।''

''नियम है कि ताला ऊपर से लगाया जाए।''

सरकारी नियमों में पाँच रुपए का ताला पाँच सौ रुपए के ताले से ज़्यादा विश्वसनीय था।

लाचार होकर सामान वहीं छोड़ अनुराग ताला खरीदने बाहर लपका। ताले लग जाने के बाद, सामान की पर्ची बनाते हुए क्लॉकरूम के कर्मचारी ने पूछा, ''आपको कितने बजे जाना है?''

''दस बजे की गाड़ी है। नौ-साढ़े नौ निकलेंगे।''

उसने कलम रोक दी, ''यह मुश्किल काम है। उस समय यहाँ से सामान नहीं ले सकते।''

''इसका क्या मतलब हुआ?''

''साढ़े नौ मेरा छुट्टी का समय है।''

''आपकी जगह कोई और लेगा, तभी न आप जाएँगे।''

''वह आदमी पटपड़गंज से आता है। कभी उसे देर भी हो जाती है। मेरी आखिरी बस साढ़े नौ निकलती है। बेहतर होगा, आप अपना सामान अपने साथ ही रखें। कमरा आपके पास है।''

मजबूरन अनुराग को सामान वापस घसीटकर लिफ्ट में लाना पड़ा।

एक-एक कर सूटकेस सरकाकर कमरे तक लाए गए।

चौथी मंज़िल का सहायक गलियारे में पड़ी मेज़ पर बैठा पैर हिलाते हुए इस दृश्य का आनंद लेता रहा।

अनुराग ने उससे कहा, ''हमारी सुबह की चाय और अखबार दिलवा दीजिए।''

''वह तो एकदम सुबह मिलती है। अब चाय नहीं मिलेगी।''

''पर नीचे तो लिखा है।''

''वह एकदम सुबह आने वालों के लिए होता है। इस वक्त साढ़े दस बजे हैं।''

समिधा ने कहा, ''यह कहाँ लिखा है कि साढ़े दस बजे आने वालों को चाय नहीं मिलेगी?''

''वह सब हम नहीं जानते। जो नियम हमें बताए गए हैं, हमने बता दिए।''

''आपकी शिकायत-पुस्तिका कहाँ है? दीजिए, मैं उसमें लिखूँगा। यात्रियों के साथ पेश आने का वाहियात ढंग है आप लोगों का।''

सहायक ने बेफिक्री से कहा, ''शिकायत-पुस्तिका नीचे है, जाइए।''

अब नीचे जाने की हिम्मत शेष नहीं थी।

थोड़ी देर सुस्ता लेने के बाद स्नानादि की सुध आई।

टॉयलेट इतना छोटा था कि अगर समिधा ज़रा भी और पृथुल होती तो उसमें घुस न पाती। उसकी चटकनी टूटी हुई थी।

अनुराग ने कहा, ''यहाँ और कोई नहीं है, तुम ऐसे ही चली जाओ।''

पर समिधा हलकी नहीं हो पाई। कोई दूसरा न खड़ा हो, फिर भी अपनी एक निजता होती है, जिसे सुरक्षित रखने में चटकनी की बड़ी भूमिका होती है।

यही हाल गुसलखाने का था। बालटी और मग थे, साबुन नदारद था। न चाहते हुए भी सहायक से कहना पड़ा। उसने बताया, ''अभी स्टॉक में साबुन नहीं है।''

''इससे तो लालमहल ही चले जाते,'' समिधा ने झुँझलाकर कहा। नहाना स्थगित कर वह फिर लेट गई। अनुराग तो पहले ही सो गया था, उसकी भी आँख लग गई।

नींद तीन बजे खुली। ज़ोर की भूख लग रही थी।

डाइनिंग हॉल का रुख किया। पूरा खाली पड़ा था। खाने का कहीं कोई चिह्न नहीं था। बाहर व्यंजन-तालिका अपनी घोषणाओं से न्योत रही थी। अंदर सन्नाटा था।

पता चला, भोजन का समय ढाई बजे समाप्त हो जाता है।

इस वक्त भी चाय का कोई इंतज़ाम नहीं था।

फिलहाल बाहर का रुख करने लायक धजा नहीं थी।

भूख-प्यास दबाकर वे लाउंज में बैठकर टी॰ वी॰ में मन लगाने का प्रयत्न करने लगे।

टी॰वी॰ के पर्दे पर तस्वीर की जगह सिर्फ धुँधली छायाएँ आ रही थीं। आवाज़ एकदम गायब थी।

वहाँ पोंछा लगाने वाले फर्राश से पूछा, ''इसका रिमोट कंट्रोल कहाँ है?''

''नहीं है, कोई लेकर चला गया।''

''यह ऐसे ही चलता है?''

''हाँ।''

उकताकर उन्होंने सोचा कि शुद्ध पानी की एक बोतल लेकर पी जाए।

डाइनिंग हॉल के सहायक ने कहा, ''मैडम, दस-पंद्रह मिनट बाद आइए। अभी बोतलें फ्रिज़ में लगाई हैं। ठंडी होने पर मिलेंगी।''

''काउंटर से कूपन लाएँ?''

"नहीं, पानी कूपन पर नहीं है।"

सत्कार की सभी संभावनाएँ वे टटोल चुके थे। चुपचाप ऊपर आकर तैयार हुए और खाने की खोज में बाहर निकले।

स्टेशन परिसर में प्री-पेड टैक्सी लेने की सहूलियत थी। उस छोटे से कक्ष के ऊपर लिखा था—'निर्धारित दर से अधिक किराया लेना अपराध है। यात्री यहाँ संपर्क करें।'

कक्ष के बाहर पर्यटकों, यात्रियों की कतार थी। उनमें युवा विदेशी यात्री तो थे ही, खालिस देशी यात्री भी कम नहीं थे। बुकिंग विंडो में पर्ची काटने वाले की सीट खाली पड़ी थी। उसका पेन मेज़ पर खुला रखा था, कुर्सी पर कोट लटका हुआ था।

किसी ने कहा, "चाय पीने गया होगा, अभी आ जाएगा।"

एक यात्री ने कहा, "बीस मिनट से मैं देख रहा हूँ, कोई नहीं आया इधर।"

"चाय पीने, पान खाने में बीस मिनट तो लगते ही हैं।" किसी और ने राय दी।

नियम-प्रेमी यात्रियों की कतार लंबी होती जा रही थी। अब वहाँ टैक्सीचालक, स्कूटर ड्राइवर मँडराने लगे थे। वे धीरे से मुसाफिर के पास आकर पूछते, उसे कहाँ जाना है? फिर वे एकमुश्त किराए का अंदाज़ बताते। थकान से त्रस्त कई यात्री कतार छोड़ उनके साथ हो लेते। उन्हें वाहन में बैठाकर ड्राइवर तुरंत दूसरी सवारी की खोज में लग जाता। इस तरह वह एक खेप में कई खेप का किराया कमा रहा था।

पीछें से एक सरदार ने कहा, "ये दिल्ली तो एकदम दल्ली बण गई है बाश्शाओ।"

सब हँस दिए। सबको पता था, यहाँ गुस्से और शिकायत का कोई अर्थ नहीं है। यह भी पता था कि पूर्व-निर्धारित किराए की पर्ची काटने वाला जल्द आएगा ही नहीं। हो सकता है, वह यहीं कहीं खड़ा जग का मुजरा देख रहा हो।

भारत-दर्शन का शुभारंभ बड़ा संदिग्ध हो रहा था। फिर भी वे हौसला नहीं हारे। हो सकता है, आगे जाकर स्थितियाँ अच्छी हो जाएँ। फिर दिल्ली उनके नक्शे में सिर्फ पड़ाव था, मुकाम नहीं। इससे पहले भी वे कई बार दिल्ली आए थे। हर बार उन्हें यही लगा कि यह अंधेर करने वालों का अभयारण्य है।

दस बजे की गाड़ी के लिए वे साढ़े नौ बजे बाहर आ गए। कहीं कोई वाहन नज़र नहीं आ रहा था।

तभी किसी विदेशी सैलानी को लेकर आई एक टैक्सी रुकी। टैक्सीवाले ने उससे साढ़े तीन सौ रुपए की माँग की।

सैलानी अपनी गिटपिट ज़ुबान में उससे मीटर कार्ड की माँग कर रहा था। पता चला, वह गलती से पहाड़गंज वाली तरफ उतर गया था। वहाँ से टैक्सी लेकर वह इस तरफ आया कि यात्री भवन में ठहर सके।

''इतनी-सी दूरी के साढ़े तीन सौ कैसे हो गए?'' अनुराग ने कह दिया।

''आप चुप रहो जी। आपसे तो नहीं माँगता ना,'' टैक्सीवाला गुर्राया, ''सही जगह पर पहुँचा दिया, यह क्या कम है?''

कुछ देर झिक-झिक के बाद सैलानी ने सौ-सौ के दो नोट उसे दिए।

मदान दंपती टैक्सी ड्राइवर से कहना चाहते थे कि वह उन्हें सामने स्टेशन तक पहुँचा दे, पर वह तो किराया मिलते ही हवा हो गया।

वे देर तक इधर-उधर बदहवास-से वाहन तलाश करते रहे। उनके ठीक पीछे बड़े से लाल कपड़े पर सुनहरे अक्षरों में छपा बैनर लहरा रहा था : 'एक अक्तूबर : अंतर्राष्ट्रीय बुज़ुर्ग दिवस'। उनके आगे लंबी-सी होर्डिंग लगी थी : 'उत्तर रेलवे आपका स्वागत करता है। आपकी यात्रा मंगलमय हो।'

लैला-मजनू

पहले ऐसा नहीं था। छोटा-सा घर था और थोड़े-से रहने वाले। बस, दो। कमरा एक। कमरे के सामने बड़ा-सा आँगन, जिसका एक कोना रसोई, दूसरा बाथरूम, तीसरा क्यारी और चौथा कूड़ेदान था। उस घर में शोभा को सब कुछ पता था, दिल से लेकर दवात तक की जगह। कमरे में कुल एक पलंग था और दो कुर्सियाँ। पलंग सिंगल। डबलबेड को पंकज एक बेहूदा ज़रूरत मानता था। उसका खयाल था कि डबलबेड पर सिंगल सोने की बजाय सिंगल बेड पर डबल सोना ज़्यादा उपयुक्त है।

उस घर में थोड़ा-सा काम था, अनिवार्य नहीं ऐच्छिक। खाना बनाना पंद्रह मिनट की व्यस्तता थी। वह पिकनिक के स्तर पर निपटाई जाती। कुल एक प्लेट सब्ज़ी बनती और चार फुलके। दो शोभा खाती, दो पंकज। कभी भूख ज़्यादा लगती या लाड़ ज़्यादा आता तो वे दोनों एक-दूसरे पर लगभग गिरते-पड़ते, हँसते-खिलखिलाते अपनी ओपन एयर रसोई में पहुँचते, कॉफी बनाने। रात के वक्त वे घर में करीब-करीब अपने पैदाइशी परिधान में घूमते। अगर कोई उस वक्त उन्हें आँगन में यों घूमते-फिरते या कॉफी बनाते देखता तो सचमुच यही सोचता कि उसने प्रेत देखे हैं।

सिर्फ दो का वह संसार कितना संपूर्ण था—संवेग, आवेग से आप्लावित।

शोभा को लगता, वह एक ऐसा वाद्ययंत्र है, जिसका संगीत केवल पंकज उभार सकता है। इसी तर्ज़ में वह उसे पंकज हुसैन कहा करती।

पंकज भी महसूस करता कि प्यार का ताल्लुक जिस्म से ज़्यादा जज़्बात से होता है।

लेकिन चंद रोज़ बाद कई अजनबी किस्म के लोग घर में घुस आए थे—दूधवाला, धोबी, सब्ज़ीवाला, पिछले दरवाज़े से। अखबारवाला, डाकिया और चंदा माँगने वाला, अगले दरवाज़े से। पर इनसे भी ज़्यादा त्रासद था बिना खत, बिना

खबर अकसर मेहमानों का वक्त-बेवक्त चले आना। जाने कैसे इस शहर को आने वाली सभी गाड़ियाँ या तो आधी रात पहुँचती थीं या तड़के, जब तारे डूबे ही होते।

अकसर आधी रात रिक्शे रुकते। उनमें से गोल बिस्तरबंद, टीन का ट्रंक और प्लास्टिक की टोकरी लिए उतरतीं 'हरे राम हरे राम' करती हुई वृद्धाएँ, जो अपना परलोक सुधारने की खातिर उनका इहलोक कई दिनों के लिए चौपट कर देतीं। माघ के महीने में वे किसी तरह अपना जर्जर शरीर गाड़ी में डाल, केवल मनोबल के सहारे संगम-स्नान की आस लिए पधारतीं। स्टेशन से घर तक की यात्रा में वे बिलकुल टूट जातीं और घर कुछ इस अंदाज़ में पहुँचतीं, जैसे वहीं परमधाम हो।

ऐसे ही एक वृद्ध दंपती के आधी रात में आने पर वह आँखें मलती हुई उठ बैठी थी। पंकज ने जाकर दरवाज़ा खोला। वे उसके बचपन के मुहल्ले में रहने वालों में से थे। रिश्तेदार नहीं, पर रिश्तेदारों से ज़्यादा अज़ीज़। मुहल्ले में उनकी पुश्तैनी बेकरी थी, जिसे अब उनके लड़के कुशलतापूर्वक चला रहे थे। लिहाज़ा वे पुण्य कमाने के लिए स्वतंत्र थे। शोभा ने बमुश्किल आँखें खोलीं, कपड़े पहने—ढीली-ढाली एक अदद मैक्सी नहीं, वरन् साड़ी-ब्लाउज़ ताकि बाकायदा आँचल सिर पर डालकर पैर छूने की रस्म अदा की जा सके। वैसे उसे समझ नहीं आ रहा था कि तीन लोक से न्यारी नगरी मथुरा, जो स्वयं तीर्थ है, छोड़कर यह दंपती यहाँ क्या करने आए हैं? किंतु ऐसे सवाल पूछे नहीं जा सकते थे।

फिर वह देर रात तक ठंड में दौड़ती रही थी, आँगन से कमरे और कमरे से आँगन तक। वे लोग टीन के कनस्तर में तरह-तरह के बिस्कुट लाए थे। उन्होंने चाय के साथ पंकज और शोभा को बिस्कुट खिलाने चाहे। पंकज ने तो एकाध खा लिया, पर शोभा रात के उस वक्त बिलकुल न खा सकी। ज़्यादा कोशिश करने पर उसे खाँसी उठ गई।

बिस्कुट वाली वृद्धा उदास हो गई, ''लगता है, शोभा को हमारे आने की खुशी नहीं हुई।''

शोभा ने प्रतिवाद में सिर हिलाया। उसने कहा कि उसका यह सौभाग्य था कि उनके दर्शन हुए। वह तो यहाँ रहते हुए भी संगम नहीं नहाती। अब उनके साथ यह सुख हासिल होगा।

चार बजे तक आगंतुक कुछ-कुछ व्यवस्थित हो गए, तब शोभा ने उनसे अनुरोध किया कि वे सोकर सफर की थकान उतार लें।

वे हँस पड़े, "यह तो हमारे जागने का वक्त है। रास्ता बता दो तो निबट आएँ।"

पंकज बिस्तर में सो गया था, मुँह ढाँपकर, लेकिन शोभा नहीं सो सकी थी। मेहमानों के सामने इस प्रकार सोया भी नहीं जा सकता था। शोभा का मन हुआ, आँगन में, ओस में जा लेटे।

सुख व सम्मोहन के समय-खंड इसी तरह टूटते-फूटते रहे। बार-बार अतिथियों के आने पर सुविधाएँ असुविधाएँ बन जातीं। कभी दो से भी अधिक अतिथि आ जाते। कमरे में बिलकुल जगह न रहती, तब पलंग उठाकर आँगन में डाल दिया जाता और दरी पर बड़ा-सा बिस्तर लगा दिया जाता, जिस पर सब ऐसे फँस-फँसकर लेट जाते, जैसे डब्बे में बाटा के जूते या एक प्लेट में कई दोसे।

अतिथियों से घबराकर उन्होंने मकान बदला था, लेकिन अतिथियों ने पीछा नहीं छोड़ा। फर्क केवल इतना था कि वे अब बाहर से न आकर अंदर से आ गए थे, समस्त विरोध और निरोध के बावजूद···एक, दो, तीन। उनके आते ही सारा वातावरण बदल गया। घर घर न रहा, अजायबघर बन गया।

देखा जाए तो घर में एक भी चीज़ दुरुस्त हालत में नहीं थी। पंखा स्विच दबाने से नहीं चलता, न रेगुलेटर घुमाने से। उसे बाकायदा छड़ी से हाँकना पड़ता, तब वह स्पीड पकड़ता। बच्चों की छेड़छाड़ से घड़ी भी घड़ी-घड़ी बंद हो जाती, कुछ इस अंदाज़ में कि वक्त जानने के लिए घड़ी के बताए समय और असली समय में ज़बरदस्त जोड़-घटाव करना पड़ता। तंग आकर शोभा ने घड़ी बच्चों के खिलौनों में पटक दी। ट्रांज़िस्टर के पुर्ज़े अलग कर वे पहले ही आपस में बाँट चुके थे। काले जूते, सफेद मोज़े बच्चों की स्कूल यूनिफॉर्म का हिस्सा थे, लेकिन जब वे स्कूल से लौटते, उनके जूते सफेद और मोज़े काले होते। वे साक्षात् धमकी की तरह पूरे घर में धम-धम घूमते।

पंकज अब रात-बिरात उसके पीछे-पीछे नहीं घूमता। उसके काम निपटने का वह दस बजे तक इंतज़ार करता, ग्यारह बजे तक करता, फिर खीझकर सो जाता।

एलर्जी, गैस, कमरदर्द जैसी छिटपुट ज़िद्दी बीमारियों के साथ उलझती शोभा किसी तरह रात बिताती। ताज्जुब था कि ये बीमारियाँ रात में आतीं, दबे पाँव और दिन में उसे छोड़ जातीं। वह यंत्र की तरह फिर अपने कामों में लग जाती।

अपने प्रथम कोटि के दिमाग को तृतीय कोटि के कामों में लगा, वह अपनी समस्त प्रतिभा मटर-पनीर में झोंककर, सहनशक्ति का सलाद और रचनात्मकता का रायता परोस स्वयं को धन्य मानती। काम के कुचक्र में से फुर्सत के क्षणांश में वह पंकज से प्रेमपूर्वक व्यवहार करने का प्रयत्न करती। पंकज यदि अच्छे मूड में होता तो उसे बताता कि चित्रकला में समकालीन रंगचेतना कहाँ जा रही है, देश के बौद्धिक चिंतन की सही दिशा क्या हो सकती है, कि अपनी तमाम सहेलियों में शोभा अभी भी सबसे युवा व आकर्षक लगती है। ऐसे क्षणों में शोभा सुखी होती और संतुष्ट, लेकिन तभी कोई अनिवार्यता पैदा हो जाती, धोबी के आकस्मिक आगमन से लेकर फोन की घंटी तक, कुछ भी। वह उठकर भागती। पंकज को उसका यों बातचीत के बीचोबीच उठ जाना बहुत अकेला, अधूरा और असंतुष्ट छोड़ जाता। कुछ देर बाद वह फिर उसी अंतरंगता का सूत्र पकड़ने की कोशिश करता तो पाता, शोभा को बच्चों को होमवर्क कराना है, खाना बनाना है, कपड़े इस्तरी करने हैं, चौका समेटना है। उसकी ओर देख शोभा व्यस्त भाव से कह देती, ''क्या करूँ, बातचीत का वक्त ही नहीं है अब।''

पंकज को लगता, वह एक ऐसा कैदी है, जिससे मिल्लत का वक्त पूरा हो गया है और किसी भी सूरत में अब ज़्यादा बातचीत नहीं हो सकती। झुँझलाहट के उस क्षण में न वह उसका मजनू रहता, न वह उसकी लैला। एक-दूसरे के प्रति शिकायत से भरे वे संवाद की सरहद से परे अपने-अपने सूनेपन के सायबान में सीमित रह जाते। ऐसे मौकों पर पंकज को लगता, इससे तो अच्छा है, शाम को कोई आए ताकि मीठी लगे चाय।

उन्हीं दिनों पंकज ने देर से घर आना शुरू किया। एक-दो दिन शोभा को बड़ी सहूलियत महसूस हुई। काम समय से निपट गया, बच्चों का होमवर्क भी।

लेकिन जल्द ही शोभा को अजीब लगने लगा, ''क्या शामें बच्चों के साथ बिताने के लिए होती हैं या प्रेशर कुकर के साथ?'' उसने पंकज से पूछा।

पंकज ने एक कटखना जवाब दिया, ''तुम्हें न मेरा आना अच्छा लगता है, न जाना। अब मुझे क्या करना चाहिए?''

''जब तुम नहीं होते तो मुझे क्या करना चाहिए?'' शोभा ने पूछा।

''तब तुम्हें खुश रहना चाहिए ताकि मेरे आने पर तुम दुःख की रिहर्सल कर सको।''

''हमने साथ-साथ हमेशा सुख की रिहर्सलें की हैं, दुःख की नहीं।''

"अब तुम उस लायक भी नहीं रही हो।"

शोभा तिलमिला गई।

आजकल जब भी वे अकेले होते, किचकिचाहट-भरी बहस में पड़ जाते। शोभा जो कुछ भी कहती, पंकज उसका एक पैंतरेबाज जवाब देता, दोधारे ब्लेड-सा तीखा और तेज़, संवाद की सभी संभावनाओं का फाटक बंद करता हुआ। उसका जवाब परस्पर संप्रेषण पर तेज़ाब की एक बूँद-सा फैल जाता। उसका जवाब शोभा की समस्त संवेदनशीलता का उपहास करता। पंकज का जवाब सीधे-सीधे विष था—नीला, पीला और हरा।

"मेरी समझ से मुझे एक अच्छी पत्नी की तरह अब दिवंगत हो जाना चाहिए।" शोभा ने कहा, पर पंकज ने कोई प्रतिक्रिया नहीं दिखलाई, वह वाकआउट कर गया।

शोभा का दिल जल गया। घर में आग लगी हो तो इंसान दमकल बुला ले, पर दिल की आग बुझा दे, ऐसी दमकल कहाँ बनी है? उसे लगा, उसका दिमाग चूने का कड़ाह है, उसमें जो भी डालो, खौलने लगता है। जलाने, खलबलाने और काटने की ये क्षमताएँ, जो पंकज में इस कदर विकसित हैं, पहले तो नहीं थीं या शायद थीं, शोभा को दिखलाई नहीं दी थीं, जैसे सिगरेट पीने वालों को सिगरेट की डिबिया पर लिखी वैधानिक चेतावनी नज़र नहीं आती, उसी तरह।

भारी मन शोभा बिस्तर पर पड़ गई। उसने कल्पना की कि उसके बिना यह घर कैसा लगेगा? उसे अचरज हुआ कि उसके बगैर घर की एक बड़ी सुंदर-शांत तस्वीर जेहन में बन रही थी, समस्त दिनचर्या सुव्यवस्थित ढंग से निपटाई जा रही थी, वह कर्कश आवाज़ उसमें से गायब थी, जो वर्तमान में चीखती रहती है, 'बेबी, दूध जल्दी पियो; पंकज, रेडियो धीमा करो; अरे मालती, तुम अभी तक चिट्ठी डालकर नहीं आई; सईदा, यह कपड़े लाने का वक्त है?' शोभा को लगा, पंकज एक अच्छा पति तो कभी नहीं रहा, पर एक आदर्श विधुर के गुण उसमें कूट-कूटकर भरे हैं। दो दिन भी शेव न करे तो लगता है, मानो अभी अपनी बीवी का दाह-कर्म करके लौटा है। कुर्ते के बटन हमेशा टूटे ही रहते हैं। चंद उदास गज़लें बार-बार सुनना उसका सबसे प्रिय शगल है।

उसकी आँख जब खुली, यकायक समझ न आया कि यह सुबह है या शाम और जो उसके सामने पेश है, वह चाय का प्याला यकायक कहाँ से आ गया?

धीरे-धीरे चेतना में भूगोल और इतिहास का क्रम बैठा तो पाया, यह उसका अपना घर है और सामने जो खड़ा है, उसका अपना, निरा अपना मजनू है, जो सारे दाँत दिखाकर हँसता उसे चाय पकड़ा रहा है, ''चाय की तलब हो रही थी, तुम्हारे लिए भी बना ली। दूध बहुत ढूँढ़ा, कहीं नज़र ही नहीं आया। तुम फिक्र न करो, मैंने दूध की जगह थोड़ी मुहब्बत मिला दी है। देखो पीकर।''

लैला चाय पी रही थी।

जितना तुम्हारा हूँ

लाउँज से वह जगह नहीं दिख रही थी, जहाँ रघु का जहाज़ उतरने वाला था। अच्छी जगहें पहले से ही भर गई थीं। लाउँज की काँच की दीवारों से सटी एक छोटी-सी आतुर भीड़ थी—चश्मे के शीशे साफ करती, एड़ियाँ उचकाती, घड़ी देखती, सूट की सलवटें मिटाती। पालम तक आते-आते कई बार श्वेता को टैक्सी में लगा था कि टैक्सीवाला उसे पालम पहुँचाने की बजाय कहीं भगा ले जा रहा है। खिड़की से दिखते सड़कों के मोड़ उसे ज़रा भी पहचान नहीं आ रहे थे। इसके पहले वह सिर्फ एक बार पालम आई थी—साल-भर पहले, रघु को विदा देने। तब मन कुछ इस तरह सुबक रहा था कि रास्ते की ओर डबडबाई आँखें कुछ देख ही नहीं पाई थीं।

आज जब रघु की फ्लाइट उतरने में सिर्फ बारह मिनट बाकी थे, श्वेता को बार-बार पिछली अट्ठाईस अगस्त याद आ रही थी, जब रघु ने इस नीचे वाले लाउँज में अपनी फ्लाइट नंबर की उद्घोषणा सुनने के साथ-साथ श्वेता को बाँहों में भर लिया था, 'हँसते हुए विदा दो डार्लिंग!' वह हँस नहीं पाई थी। हँसने और रोने के बीच की स्थिति में उसके होंठ फैले थे और फिर एक उड़ते जहाज़ की थरथराहट अपने पैरों में लिए वह वापस आ गई थी।

फ्लाइट नंबर एनाउंस हुआ। श्वेता झटके से आज की तारीख में लौट आई। कस्टम काउंटर पर यात्री आने लगे थे—सूटकेसों से लदे-फँदे, कंधे पर कैमरा, बाँह पर कोट और एयर बैग लिए। कुछ हिप्पी लड़के-लड़कियाँ थे, जिनके पास सामान नाममात्र का था, लेकिन जिन्हें कस्टम-क्लियरेंस में बड़ी देर लगी।

तभी उसे रघु नज़र आया।

वह भी लगभग तमाम यात्रियों जैसे हुलिया में था—दोनों हाथों में सूटकेस, एयर बैग और कोट थामे। कुछ देर पहले श्वेता ने सोचा था कि जब वह रघु को देखेगी तो कहीं उत्तेजना में लाउँज की दीवार का काँच उससे टूट न जाए।

रघु को उसने देख लिया था, लेकिन उससे ऐसा कुछ नहीं हुआ था।

रघु को मुख्य द्वार से बाहर निकलते देख वह झट से लाउँज की सीढ़ियाँ उतर गई।

रघु को शायद किसी के भी आने की उम्मीद नहीं थी। वह टैक्सी के इंतज़ार में था। श्वेता को सामने पाकर वह चौंक गया, "अरे, तुम आई हुई थीं! मुझे लिखा भी नहीं!"

श्वेता नमस्ते, हैलो या मुस्कराने जैसा कुछ भी नहीं कर पाई। उसकी नज़र रघु के सुंदर चेहरे पर टिकी थी, जो इस बीच कुछ और सुंदर हो गया था।

रघु ने उसे छूने के खयाल से हाथ बढ़ाया, तभी दन्न से टैक्सी सामने आकर रुक गई।

"अकेली आई हो या साथ में कोई और भी है?"

श्वेता को हलका-सा गुस्सा आया, और कौन हो सकता था साथ में? क्या माँजी एयरपोर्ट पर आतीं अपने प्यारे गठिया, मधुमेह और कब्ज़ को साथ लिए, या वे दब्बू भाई साहब, जो अपनी पत्नी से दिल्ली आने के लिए मुद्रा या मंजूरी माँगते समय बेहोश भी हो सकते थे!

वह खुद कितनी मुश्किल से निकल सकी थी।

टैक्सी में रघु ने श्वेता का हाथ कसकर अपनी हथेली में जकड़ लिया।

ड्राइवर ने पूछा, "कहाँ जाना होगा साहब?"

श्वेता कहने वाली थी, 'स्टेशन', लेकिन तब तक रघु ने कह दिया, "सरदार जी, कोई अच्छा होटल होगा?"

टैक्सी 'रनजीत' पर रुकी तो श्वेता ठिठक गई। उसने सोचा था, पहले की ही तरह रघु ने चाय की तलब पर रेस्तराँ को होटल कह दिया है, लेकिन रघु बेफिक्र और आश्वस्त पोर्टिको में बढ़ गया। श्वेता का मन अचानक आलोचनात्मक हो आया। रघु सामान पोर्टर को सहेज, उसे लेकर लिफ्ट से चौथी मंज़िल पर आ गया।

जो आदमी उनके साथ आया था, टेलीफोन और इंटरकॉम दिखा गया। रिसेप्शन और इंक्वायरी के नंबरों का कार्ड उसने मेज़ पर रख दिया, फिर वह गुसलखाने में तौलिया और फ्लास्क में पानी चैक कर चला गया।

कुछ देर तक उन्हें किसी भी चीज़ की ज़रूरत नहीं पड़ी थी।

तुरंत बाद रघु ने नीला सूटकेस खोलकर श्वेता के ऊपर उपहार बिछाने शुरू कर दिए थे, "यह तुम्हारे लिए है, और यह, और यह…"

खुशी और चहक का ज्वार थमने पर श्वेता ने पाया, उनमें से अधिकांश चीज़ों का इस्तेमाल वह नहीं जानती। कपड़े भी अजीबोगरीब थे—पारदर्शी नाइटीज़, पैंटीज़ और ब्रा। माँजी और भाभी की दारोगा निगाहों के बीच इनका क्या उपयोग होगा, उसने सोचा।

रघु ने चार अँगुल का एक वस्त्र निकाला, ''डार्लिंग, इसे अभी पहनकर दिखाओ, हॉट पैंट्स। शिकागो में मेरी मकान-मालकिन जब सौदा लेने निकलती थी, बस हॉट पैंट्स और टॉप पहनती थी। कसम खुदा की, उसे देखकर सोच नहीं सकते थे कि वह चार बच्चों की माँ है।''

रघु ने फोन पर कॉफी और सैंडविचेज़ का ऑर्डर दे दिया।

श्वेता अब भी 'कवर गर्ल आइज़' का पैकेट हाथ में लेकर देख रही थी और सोच रही थी कि इलाहाबाद में ये प्रसाधन धारण कर वह कहाँ जा सकेगी? उसे अपनी वह सँकरी, सीली गली याद आई, जहाँ संकोचवश वह कभी चटख लिपस्टिक लगाकर भी निकलने का साहस नहीं कर पाई। उसे निराशा हुई कि रघु उसके लिए एक भी साड़ी नहीं लाया। उसने उम्मीद की थी कि कम से कम एक दर्जन 'वुली' साड़ियाँ सूटकेस में से निकलेंगी।

रघु ने पास आकर उसे एक नर्म जगह गुदगुदा दिया।

श्वेता को लगा, थोड़ी देर पहले भी लगा था, रघु कुछ ज़्यादा ही कुशल हो गया है। परफेक्ट-सा। पहले तो वह अकेले में भी अटपटाया-सा रहता था। छेड़छाड़ और प्रेम अँधेरे के अध्याय थे।

शुरू-शुरू में उलझन हुई थी। सहेलियों के बीच अनुभव के नोट्स मिलाने पर उदासी ही हाथ लगी थी। फिर चपलता और आवेश अपने आप जड़ता के कोल्ड स्टोरेज में पहुँचते गए थे—माँजी और भाभी की कड़वी गुर्राहटों के बीच।

श्वेता को महसूस हुआ, रघु ने अभी तक एक भी बार यह नहीं पूछा कि वह इस बीच कैसी थी, कैसे थी। रघु की पूरी मुद्रा एक मस्त और बेफिक्र आदमी की थी। साल ही भर में उसने न जाने कैसे इतनी मस्ती हासिल कर ली थी! श्वेता तो इस बीच पस्ती का पर्याय बनती गई थी। घर अगर एक संज्ञा था, तो वह उसमें एक सर्वनाम की तरह रहती रही थी। रघु के चले जाने के बाद उसे लगा था, जैसे वह रातोरात एक अजनबी डेरे में छोड़ दी गई है।

सुबह-सुबह भाभी उठकर कहतीं, ''श्वेता, मेरे नहाने का पानी गरम कर दे।''

उसे पता था, भाभी सुबह-सुबह क्यों नहाती हैं। एक-दो बार चाय देते समय वह उनसे छू गई थी। भाभी ने उसे डाँट दिया, ''धोती बचाओ अपनी! देखती नहीं, हम मर्दों के पास से आई हैं। नहा लें, तब छूना।''

भाभी अपने पति के लिए बहुवचन का प्रयोग करती थीं, जबकि डील-डौल में वे एकवचन भी नहीं थे।

कभी-कभी वह पड़ोस में घूमने निकल जातीं और लौटकर श्वेता से पूछतीं, ''मर्दों को खाना दे दिया?''

नहाने के बाद रेशमी साड़ी में चंदन और सिंदूर की बिंदी लगा जब वह रसोई में घुसतीं, उन्हें देखकर श्वेता की समस्त कल्पनाशक्ति हतप्रभ हो जाती।

फिर माँजी उठतीं, अपने फोड़े के लिए हल्दी के गर्म छुनछुने की फरमाइश के साथ।

भाई साहब जब तक अखबार पढ़ते रहते, निहायत इत्मीनान में रहते। अखबार खत्म करते ही वह एक भिन्न प्राणी होते, हड़बड़ी मचाते, तौलिया ढूँढ़ते, खीझते, झुँझलाते। घर उनकी तैयारी में इस तरह लग जाता, जैसे वह हफ्तों के लिए बाहर जा रहे हों। लेकिन शाम तक वह फिर घर में होते। सुस्त चाल और थका चेहरा लिए वह दफ्तर से लौटते कुछ इस शहीदाना भाव से कि उन्होंने घर के लिए प्राणों की बाज़ी लगाई हुई है। भाभी और माँजी उनकी मिज़ाजपुर्सी करती हुई उनके इर्द-गिर्द मँडरातीं। श्वेता फुर्ती से नाश्ता तैयार करती।

इस दैनिकता में दिलचस्पी की गुंजाइश कहाँ थी! श्वेता ने कई बार सोचा था, क्या ऊब नापने का कोई थर्मामीटर नहीं आता?

वह रघु को पत्रों में अपनी मनःस्थिति के बारे में लिखती, लेकिन सांकेतिक ढंग से। यह संकेतात्मकता उसने संयुक्त परिवार में रहते-रहते सीखी थी। यह इसलिए भी ज़रूरी थी, क्योंकि श्वेता आज तक यह तय नहीं कर पाई कि रघु कितने प्रतिशत उसका है और कितने प्रतिशत घर का। ऐसी दुविधाएँ शादी के पहले नहीं उठती थीं, जब रघु उसकी हथेली भींचकर कहता था, 'सच श्वेता, अगर तुम मुझे नहीं मिलीं, तो मैं सारे शहर में आग लगा दूँगा, बाई गॉड!' तब तो लगता था, वाकई रघु शत-प्रतिशत उसी का है। रात के अँधेरे में वह तय करती कि रघु को वह किसी के साथ नहीं बाँटेगी, किर्च-भर भी नहीं।

लेकिन अब उसे रघु की चिट्ठियाँ भी बाँटनी पड़ती थीं—सामूहिक पाठ के लिए।

भाई साहब और भाभी जब बाहर जाते थे, श्वेता का घर में रहना अनिवार्य

हो जाता। उसके मनबहलाव के लिए माँजी और उनकी दवाइयाँ पर्याप्त समझी जातीं।

न जाने इनमें से कौन-सी बातें श्वेता रघु को बताना चाह रही थी, लेकिन रघु इस वक्त बिस्तर पर टाँगें क्रॉस कर लेटा हुआ उसे उन औरतों के बारे में बता रहा था, जिनकी शादी नाम की संस्था से आस्था हट चुकी है और उन्होंने प्रतिक्रिया में पुरुषों के एक समूचे समूह से विवाह करना स्वीकार किया है।

रघु ने सूटकेस से एक सचित्र पत्रिका निकाली, ''आओ, तुम्हें दिखाएँ।'' फ्रेंच पत्रिका के मध्य पृष्ठ पर कुछ नग्न आकृतियाँ थीं—अलग-अलग स्थल विशेष को उभारतीं। चित्रों में अंकित जिस्म अद्‌भुत रूप से ताज़े और चिकने थे।

''औरतों में तुम्हारी दिलचस्पी कुछ ज़्यादा ही बढ़ गई लगती है!''

''तुम्हें खुश होना चाहिए, नहीं क्या?''

श्वेता के मन में बड़ी ज़ोर से यह बात अचानक उठी कि रघु को शिकागो में एक ऐसी निर्लज्ज औरत के मकान में नहीं रहना चाहिए था, जो चार बच्चों के बाद भी अधनंगी घूमती थी। उसके पति ने उसे कैसे इजाज़त दे रखी थी? उसकी समझ में नहीं आ रहा था कि अपने इस खूबसूरत, अलमस्त, जोश में फड़फड़ाते पति से वह ऐसे ज़रूरी मसलों पर बातचीत कैसे छेड़े?

बहस-मुबाहिसे की बेतकल्लुफी तब भी नहीं कायम हो पाई थी, जब शादी के एक साल बाद रघु का मैनेजमेंट ट्रेनिंग पर शिकागो जाने का प्रोग्राम बन गया था।

श्वेता ने साथ जाने की इच्छा दिखलाई थी।

माँजी ने डपट दिया था, 'इतना पैसा फूँकने से मतलब? यह तो वहाँ पढ़ेगा, और तू?'

श्वेता ने रघु की तरफ देखा था, लेकिन रघु दीवार की तरफ देख रहा था।

श्वेता भी फिर दीवार की तरफ देखने लगी थी।

श्वेता के लिए यह कहना मुश्किल था कि यह रघु का मूल स्वभाव था कि वह, जिसके अंतर्गत उसने शादी के पहले गज़ब की आत्मनिर्भरता दिखाई थी।

इस प्रसंग से रघु के घरवाले भी उतने ही खिन्न थे, जितने श्वेता के।

रघु ने कहा था, 'तुम सबकी सहमति माँगती ही क्यों हो? मेरे और तुम्हारे बीच तुम्हारे घरवाले क्या अर्थ रखते हैं?'

पलटकर यही बात श्वेता रघु के संदर्भ में नहीं कह सकी थी। उसके घर का ठीक-ठाक अंदाज़ा भी नहीं था।

माँजी नहीं चाहती थीं कि उनके घर मछली-भक्षी बंगाली बहू आए।

लेकिन रघु की ज़िद थी, उसके घर श्वेता ही आएगी, श्वेता भादुड़ी।

एक दिन उसने सचमुच श्वेता को लाकर माँजी के सामने बिठा दिया। श्वेता ने आँखें नीची किए-किए कल्पना की, एक विस्फोट की, जिसमें उसके चिथड़े उड़ जाने की संभावना थी।

लेकिन माँजी ने कुछ देर उसे एकटक घूरने के बाद सोने की एक बारीक ज़ंजीर पहना दी थी।

यहीं से प्रताड़ना का इतिहास शुरू हुआ था।

रघु ने घर में युद्धबंदी की घोषणा के साथ-साथ सारे हथियार डाल दिए। वह माँजी के महान् आचरण पर मुग्ध और अभिभूत था। शायद महान् आचरण सिर्फ बूढ़ों की बपौती होती है।

श्रम तो श्वेता ने भी कम नहीं किया था। वह रोज़ अपनी यात्रा प्रतिकूल से अनुकूल की ओर तय करती और रोज़ पाती, उसे फिर वहीं से शुरू करना है, जहाँ से वह चली थी।

उसे लगता, घर में उसे महज़ प्रवेश मिल गया है, स्वीकृति नहीं।

माँजी सुबह से घर में 'मोबाइल कोर्ट' की तरह घूमती रहतीं। उनकी अदालत में श्वेता की कई बार पेशी हो जाती।

ये कार्य अकसर रघु की अनुपस्थिति में होते। अगर कभी वह मौजूद होता तो उन्हें कुछ ऐसा मोड़ दिया जाता कि श्वेता के अलावा बाकी परिवार एकदम निरपराध सिद्ध हो जाता।

माँजी का मनोबल बढ़ाने के लिए रघु श्वेता को सबके सामने डाँट देता। श्वेता का मन होता, वह फौरन इन सबके खिलाफ एक विरोधपत्र लिखकर हमेशा के लिए यहाँ से रवाना हो जाए। एकांत में वह रघु से एक साफ और लंबी बहस करना चाहती, लेकिन रघु वह क्षण आने ही न देता।

माँ के इतने बड़े बलिदान के बाद वह उन्हें गलतियों से परे मानता था। इस सबके बीच भाभी एक चिनगी की तरह कभी एक झाड़ी सुलगा आतीं, तो कभी दूसरी।

रघु एक पहुँचे हुए संत की तरह श्वेता को धैर्य का मूल्य बताता। तब शादी की पहली सालगिरह भी नहीं मना पाई थी, इसलिए श्वेता भी आक्रोश के उबाल को नववधू के सलज्ज आवरण में ढक सौम्य बन जाती।

लेकिन इस वक्त श्वेता को लग रहा था कि दांपत्य जीवन में ऐसी आपात-

स्थिति अनियत काल के लिए नहीं चल पाएगी।

वेटर खाना रख गया तो रघु ने सूटकेस से बोतल निकाली—चौकोर और लंबी।

''यह रोग भी लगा लाए!''

''हाँ, और आज तुमको भी लगा देंगे। सच पूछो तो सिर्फ इसके और तुम्हारे लिए मैं आज यहाँ टिक गया।''

''मेरा नंबर पहला है या दूसरा?''

''दिल तोड़ने वाली बातें न करो इस वक्त।'' रघु ने गिलास तैयार किए।

श्वेता ने सोचा, उसके जीवन में इसी तरह सच्ची बातें स्थगित होती रहेंगी, दिल साबुत रखने की कीमत।

इस वक्त रघु ने अपने आसपास वही माहौल रच लिया था, जो विदेश में वह रचना चाहता रहा था।

लेकिन श्वेता की चेतना की एक सतह लगातार कलह मचाए थी। यह कमरा, यह एकांत, यह नज़दीकी, यह तन्मयता, यह प्रियता, सब उसे एक रात की मिल्कियत दिखाई दे रही थीं। उसकी असली दुनिया से यह दुनिया बिलकुल कटी हुई थी, जबकि दोनों के बीच सिर्फ एक रेल-भर दूरी थी। उसे लग रहा था, कुछ ही घंटों बाद वह उसी जगह पटक दी जाएगी, जहाँ त्योरी और तेवर की भाषा इस्तेमाल होती है और जहाँ पहुँचते ही रघु को कुछ इस तरह हथिया लिया जाएगा कि उसके हिस्से रघु के मैले कपड़ों के सिवा कुछ नहीं आएगा।

वह रघु से कहना चाहती थी कि उस घर में उसका मन नहीं लगता। उसका मन पिछले एक साल से नहीं लग रहा था। वह कहना चाहती थी, उसे एक समूचा रघु चाहिए। रात दस बजे के बाद वाला रघु नहीं, जो अपनी धीमी फुसफुसाहटों में उसे भी दबा डालता है। वह समझ नहीं पा रही थी कि ये बातें मुँह से निकल क्यों नहीं रही थीं?

''तुम तो बड़ी कुशलता से पी रही हो…धीरे-धीरे, होश-हवास कायम रखते!'' रघु ने कहा।

''शादी के बाद से ही होश कुछ इस तरह आया है कि जाता ही नहीं!''

''तुम लड़ने पर क्यों उतारू हो?''

'और तुम लीपापोती पर,' श्वेता ने कहना चाहा, पर वह नहीं कह पाई और इस न कह सकने पर उसे अपने से नफरत हो आई।

''शिकागो में जब बर्फ गिरने लगती थी, हफ्तों धूप का नामोनिशान नहीं

दिखता था। तब अपने अपार्टमेंट में बैठ तुम्हें याद करने के सिवा और कुछ नहीं किया जा सकता था।''

तत्काल श्वेता के मन में वे खुले और धूपदार दिन कौंध गए, जिनका हिसाब रघु से माँगा नहीं जा सकता था।

''और···?''

''और बस, ज़रा-सी तबीयत खराब होने पर घर की याद आती थी, तुम्हारी याद आती थी···''

''मैं तुम्हें हमेशा किसी न किसी चीज़ के साथ याद आती थी?'' श्वेता हँस पड़ी।

''हाँ, क्योंकि जितना मैं तुम्हारा हूँ, उतना ही हवाओं का हूँ, दिशाओं का हूँ, रास्तों का हूँ, पड़ावों का हूँ, महफिल का हूँ, मंज़िल का हूँ।''

'उतना ही मैं चालाकियों का हूँ, चालबाज़ियों का हूँ, चापलूसी का हूँ, दकियानूसी का हूँ···' श्वेता के मन की यह चुभती कील बाहर नहीं झाँकी, बस, उसी की खुशी के ताबूत में मज़बूती से ठुँक गई।

अच्छे ड्रिंक, अच्छे भोजन और अच्छी बातों के बाद रघु अच्छे बिस्तर पर अच्छी तरह सो गया।

अनिद्रा के अनुभव से गुज़रती श्वेता सोचती रही कि आज दोपहर रघु शिकागो से लौटकर आया था या शिकोहाबाद से?

सुलेमान

हम सब उसे प्यार से सुलेमान कहते थे। सुलेमान कौन था, इसकी हमें कच्ची-पक्की जानकारी थी। एक दोस्त का खयाल था, सुलेमान एक बहुत दौलतमंद शहंशाह था, जिसका खज़ाना कभी खाली नहीं होता था। दूसरे दोस्त का कहना था, सुलेमान को खुदा की ऐसी बरकत हासिल थी कि वह जो चाहता, कर दिखाता था। खुद मेरा खयाल था कि सुलेमान सपनों का सौदागर था।

सुलेमान के पास बेशुमार सपने थे। इतने जितने भवानीप्रसाद मिश्र के पास बेचने के लिए गीत भी न होंगे। इतवार को दूरदर्शन पर इतने इश्तहार भी न आते, जितने सपने सुलेमान को आया करते। जैसे ही उसे कोई सपना आता, वह उसे लुटा देता। हम लोग भुक्खड़ की तरह उसके सपनों पर टूट पड़ते। वह अपनी कल्पना और प्रतिभा की मदद से कुछ दिन उन सपनों में रद्दोबदल करता रहता। जितने दिन किसी की आँखों में उसका सपना तैरता रहता, वह उससे मिलता-जुलता। लेकिन जिस दिन वह अपने सपने की किश्ती डूबती देखता, वह उस दोस्त से मिलना-जुलना बंद कर देता। सपने के डूबने से दोस्त कम चोट खाता, सुलेमान ज़्यादा।

सुलेमान एक अच्छा इंसान था। सपने बेचने से पहले उसने और बहुत कुछ बेचने की कोशिश की थी। वह बेहद ज़हीन था। नरमदिल और नाज़ुक। उसने बेशुमार किताबें पढ़ रखी थीं। उसे बहुत कुछ याद था—नीत्शे से लेकर निर्मल वर्मा तक। खुद वह ज़िंदगी के थपेड़ों से वाकिफ था, क्योंकि बरसों उसे अपनी प्रतिभा का मोल नहीं मिला। वह जिस इंटरमीडिएट कॉलेज में पढ़ा रहा था, वहाँ सबसे जूनियर था, हालाँकि वहाँ के सबसे सीनियर अध्यापक से भी ज़्यादा सीनियर उसकी लियाकत थी। क्लास उसे बहुत प्यार करती थी। लेकिन अपने साथियों और प्रिंसिपल से उसे कभी प्यार नहीं मिला। वे उससे सशंकित रहते और उसके काम में प्रायः नुक्स निकाला करते।

वह जानता था, समाज में महज़ इंटरमीडिएट कॉलेज की नौकरी के सहारे ज़िंदा नहीं रहा जा सकता। एक अदद नौकरी करने वाले लोग आम तौर पर उससे भी खराब जीवन बिता रहे थे। उसके साथी छोटी-छोटी बातों में झूठ बोलते, न चाहते हुए भी अपने से बेहतर स्थिति वालों की खुशामद और जी-हुज़ूरी करते और पैसा-पैसा दाँत से दबाकर रखने की कोशिश में एक बेस्वाद जीवन जीते। वे किसी भी बात पर राय देते डरते और बोलने से पहले बहुमत टटोलते। सुलेमान को इस माहौल में बेहद तकलीफ होती। आखिर एक दिन उसने नौकरी छोड़ दी। वह लखनऊ चला गया और छह महीने तक उसकी कोई खबर न मिली।

यकायक एक दिन जब वह शहर में नमूदार हुआ, उसके नक्शे बदले हुए थे। उसके कपड़ों में कलफ था, जूते चमक रहे थे और चेहरा उनसे भी ज़्यादा। वह स्वदेशी कपड़े पहन विदेशी सिगरेट फूँक रहा था। उसके तीन टेलीफोन नंबर थे और उसके घर तेरह अखबार आने लगे थे।

दोस्तों में तहलका मच गया। दोस्त उससे मिलने के लिए आतुर हो गए। किसी को ठीक से यह पता नहीं था कि वह क्या करने लगा है, लेकिन सबको यकीन था कि वह कामयाब हो गया है। दोस्तों का खयाल था कि वह सत्ता के गलियारों को नज़दीक से देख आया है। दोस्तों के सवालों का जवाब देने की बजाय वह उन्हें सलाह देने की स्थिति में था। उसके अंदर अपने वतन के लिए बेहद मुहब्बत पैदा हो गई थी। वह बात-बात में कहता, 'मेरा भारत महान्'। दोस्त 'मेरा' शब्द पर एतराज़ करना चाहते, लेकिन वह एतराज़ का जवाब भी इसी नारे से देता। उसने कहा, ''मैंने तय कर लिया है कि अब ज़िंदगी में तीन काम बिलकुल नहीं करने हैं।''

''हीरामन की तरह।'' कृष्ण कुमार ने कहा।

उसने इस टिप्पणी पर ध्यान नहीं दिया, ''दरअसल जब आप पैंतीस के हो जाएँ तो यह तय कर लेना चाहिए कि आप क्या-क्या नहीं करना चाहते। नंबर एक, नौकरी कतई नहीं करनी है। नंबर दो, वक्त नहीं गँवाना है। नंबर तीन, कभी किसी को दुश्मन नहीं समझना है।''

दोस्त कायल हो गए। इनमें से एक भी खयाल बुरा नहीं था। अफसोस कि दोस्त अभी इस तरह की कसमें लेने की हालत में नहीं थे। वे शर्मिंदा हुए कि वे ये तीनों काम करते रहे हैं, फिर भी सुलेमान उन्हें माफ कर रहा है।

सुलेमान ने अपनी जेब से कई कड़क नोट निकाले और पूरी महफिल के लिए सोलन का पानी मँगवाया। दोस्त निहाल हो गए। कहाँ तो एक सीलबंद

बोतल का दीदार दुश्वार था, कहाँ पूरी दो बोतलें उनके बीच पड़ी थीं। उनमें से कई का हाल तो यह था कि अब हुड़क उठने पर हौली में चुक्कड़ चढ़ाते और लुढ़कते-पुढ़कते जब घर पहुँचते तो बीवी की डाँट खाते।

जिसके घर पर बैठका जमा, उसके यहाँ एक-से गिलास भी नहीं थे। वहाँ दो लंबे, दो ठिंगने और दो किनारे टूटे काँच के गिलास थे। सुलेमान ने ड्राइवर को भेजकर एक दर्जन बढ़िया गिलास मँगवाए। बेमेल और टूटे गिलास उसकी आँखों को बरदाश्त नहीं थे।

ये सब बड़े सादा लोग थे। इस वक्त सुलेमान के आने से वाकई खुश थे और उसके करीब होना चाह रहे थे। उनसे अपना जोश सँभल नहीं रहा था और वह बार-बार उफनकर ऊपर आ जाता।

''सुलेभाई, मैंने बहुत याद किया आपको एक दिन, जब लोकनाथ में जलेबी खरीदी। आपको जलेबी पसंद थी न!''

''मैंने मीठा खाना छोड़ दिया है।''

''फिर भी तुम मिठबोले हो।'' एक ने कहा।

''सुलेमान, मुझे लगता है, मैं एक गड्ढे में गिरा हुआ हूँ और गड्ढा दिन ब दिन गहरा होता जा रहा है। तुम्हारे हाथ का इंतज़ार है।''

''मेरे दोनों हाथ दोस्तों के लिए हैं। मुझे आप सबका खयाल न होता तो क्या मैं इस सैयाद शहर में आता?''

''मेरा अफसर बहुत खार खाने लगा है मुझसे। बात-बात में झिड़क देता है।''

''कहो, उसका ट्रांसफर करा दें?''

''ग्रेट सुलेमान, ग्रेट।''

''सुलूभाई, मेरा प्रमोशन जुलाई में होना था। विभागीय परीक्षा पास कर ली, इंटरव्यू भी सबसे बढ़िया हुआ, पर पोस्टिंग ऑर्डर ही नहीं आ रहा है।''

''कहाँ अटका है?''

''सुनते हैं, लखनऊ में।''

''पता किया?''

''पता चला, फाइल अभी प्रोसेस में ही नहीं आई है।''

''हूँ, देखना पड़ेगा। किसी से टाइ तो नहीं है?''

''होनी नहीं चाहिए। मैं सबसे सीनियर था।''

''तो ऐसा है, मैं तुम्हें दो प्रमोशन एक साथ दिलाने का इंतज़ाम करता

हूँ। तुम्हारा निदेशक भी क्या याद रखेगा!"

एक दोस्त का हाल सबसे बुरा था। वह न तो नौकरी में था कि प्रमोशन माँगता, न व्यापार में कि परमिट। तरक्की की तड़प लेकिन उसमें भी ज़ोर मार रही थी।

"सुषमा इस साल पच्चीस की हो गई। न उसकी शादी का सिलसिला बन रहा है, न नौकरी का। लड़का अलग बी.ए. पास कर आवारागर्दी करता है। पत्नी को डॉक्टर ने दमा बता दिया है, सो अलग।"

सुलेमान भावुक होने लगा, "यू मीन, मेरी वह सीता भाभी बीमार हैं, जिनके हाथ के पराँठे मैंने बीसियों बार खाए हैं? वह भाभी, जिन्हें अनगिनत बार जगाकर मैंने चाय बनवाई है? मैं कल ही डॉक्टरों की पूरी टीम लखनऊ से रवाना करता हूँ। भाभी का इलाज मैं करवाऊँगा। अब आप इस विषय में बिलकुल न बोलिए।"

दोस्त पसोपेश में पड़ गया। उसके हिसाब से पत्नी की बीमारी इतनी अहम नहीं थी कि उसके लिए लखनऊ-कानपुर एक किया जाए। वह सुलेमान की मदद अपनी नौकरी हासिल करने में लेना चाहता था। "मैं चाहता था, कहीं सैटिल हो जाऊँ।"

उसने कहा, "आप अपना बायोडाटा मुझे दे दीजिए।"

जब सुलेमान लखनऊ वापस चला, उसका ब्रीफकेस दोस्तों के बायोडाटा से भरा हुआ था। जिनसे उसने नहीं माँगे, उन्होंने भी अपने बायोडाटा तैयार कर उसे दे दिए थे। दोस्तों के आगामी दिन उम्मीद और इंतज़ार में कटने लगे। कमल आहूजा दफ्तर में हेकड़ी से बैठने लगा। उसे यकीन था, उसे इकट्ठे दो प्रमोशन मिलने वाले हैं। घर के बाहर से जैसे ही कोई कार गुज़रती, कृष्ण कुमार लपककर बालकनी से झाँकता, क्या पता डॉक्टरों की टीम आ पहुँची हो। वे उससे दोस्ती का सिलसिला याद करने लगते।

करीब दो हफ्ते बाद एक दिन लखनऊ का एक डॉक्टर आकर सीता को देख गया। उसने रुटीन जाँच की और कुछ दवाएँ लिख दीं। उसकी बात से यह नहीं लगा कि सीता को कोई गंभीर रोग है। कृष्ण कुमार डॉक्टर के आने से इतना गद्गद हो गया कि उसने दवाएँ खरीदना भी ज़रूरी नहीं समझा। उसे सुलेमान के अगले तोहफे का इंतज़ार था। आखिर उसका बायोडाटा सुलेमान के पास था।

हालाँकि डॉक्टर के चक्कर लगा लेने से सीता की तकलीफ में कोई अंतर नहीं पड़ा था, पर दोस्तों के मनोबल में पड़ा। उन्हें लगा, सुलेमान उन्हें भूला नहीं है। वे और भी शिद्दत से उसका इंतज़ार करने लगे।

इंतज़ार उतावली बढ़ाता है और आदमी को थका डालता है। अच्छे दिनों का इंतज़ार आदमी की बुरे दिनों की बरदाश्त की क्षमता को भी समाप्त करने लगता है। रज़ा और फज़ल के साथ भी यही हो रहा था। वे शहर की सँकरी अँधेरी गली में रहते थे। हर चार-साला दंगे में उनके पुराने मकान की कुछ न कुछ तोड़-फोड़ ज़रूर हो जाती। जबकि वे बाबरी मस्जिद और पर्सनल लॉ जैसे मामलों पर ज़ुबान न खोलते, फिर भी उन्हें डर लगा रहता, क्या पता कब पकड़कर बंद कर दिए जाएँ। उनकी दिली ख्वाहिश थी, सुलेमान किसी तरह उन्हें लखनऊ में कोई छोटा-मोटा काम दिला दे तो उन्हें इस गली की 'चूहा ज़िंदगी' से निज़ात मिल जाए।

सुलेमान ने उनसे कहा था, वह ईद पर उनके घर आएगा। ईद आने वाली थी। रज़ा और फज़ल ने अम्मी को बीसियों बार ताकीद कर दी थी, इस बार सेंवई बहुत उम्दा बनाना। सुलेभाई खास हमारे घर ईद मनाएँगे।

फज़ल ने कहा, ''पता नहीं, इस गली में सुलेमान भाई की मोटर घुस पाएगी या नहीं।''

रज़ा ने एक सुतली ली और नुक्कड़ पर जौहरी की दुकान के आगे खड़ी मोटर का नाप ले आया। फिर उसने गली की चौड़ाई की पैमाइश कर फज़ल को तसल्ली दी, ''मोटर बखूबी घुस जाएगी, फिर भी तीन फुट गुंजाइश है।''

ईद के रोज़ उन्होंने बड़ी तबीयत से सारा सामान खरीदा और लगातार अम्मी के आगे-पीछे लगे रहे।

''सेंवई में घी कम न डालना और बालाई सिर्फ सुलेभाई के लिए बचाकर रख लीजिएगा।''

अम्मी उनकी मर्ज़ी के मुताबिक करती गईं। लेकिन ईद गुज़र गई, सुलेमान नहीं आया। किसी ने कहा, सुलेमान को पंजाब का मसला सुलझाने के लिए भेजा गया है। किसी ने कहा, वह श्रीलंका में तमिल-समस्या पर विचार करने गया हुआ है। पक्की तौर पर किसी को कुछ नहीं मालूम था, लेकिन दोस्तों का खयाल था कि हर ऊँची उड़ान में वह शामिल है। अगर किसी नेता का कहीं पर धाकड़ भाषण होता, दोस्त कहते, यह सुलेमान से लिखवाया गया है। कभी कहीं कोई नेता ज़रा महीन या बौद्धिक बात कह देता, तो दोस्त दावे से कहते कि आजकल सुलेमान उस नेता का सलाहकार है। कोई कहता, सुलेमान ने लखनऊ में मकान खरीद लिया है। कोई कहता, नहीं, सुलेमान को सरकार ने मंत्री की हैसियत का बँगला एलॉट कर दिया है। उसे सरकार की तरफ से सुरक्षा गार्ड मिला हुआ

है और डी॰एम॰, सी॰एम॰, पी॰एम॰ तीनों के यहाँ कभी भी जाने की उसे खुली छूट है। कोई कहता, उसका रोज़ का खर्च दो सौ रुपए है। कोई कहता, दो हज़ार रुपए। अकसर इन्हीं मुद्दों पर दोस्तों में बहस छिड़ जाती और बहस करते हुए वे बिलकुल भूल जाते कि अभी कुछ दिन पहले तक सुलेमान उन्हीं की जमात का था, उन जैसा ही एक पढ़ा-लिखा आदमी, जिसकी फकीरी उनकी बदहाली से अलग नहीं थी।

जिस तरह दोस्त उसके ऐश-ओ-आराम के बारे में रंगीन ख्वाब देखते, उसी तरह सुलेमान के मन में हमेशा फकीरी को लेकर बड़े रोमांटिक खयाल थे। अब जब अगले और पिछले कल का हौवा उसके लिए अर्थ खो चुके थे, उसे जीवन-जगत् पर सम्यक् दृष्टि डालना भला प्रतीत होता। सुबह-सुबह जब वह घूमने निकलता, राजनिवास कॉलोनी के आसपास का शांत दृश्य उसे बहुत भला लगता। वह देखता, हर बँगले के आगे जींस और टी-शर्ट में नौकर-ड्राइवर कार की धुलाई-रगड़ाई कर रहे हैं, इक्का-दुक्का रिक्शों में रिक्शेवाले सवारी के इंतज़ार में अलसाए पड़े हैं, बच्चे इस्तरी की हुई यूनिफॉर्म में सजे हुए स्कूल के लिए रवाना हो रहे हैं, झाड़ू लगाने वाले मुस्तैदी से सड़क साफ कर रहे हैं। उसका मन गर्व और प्रसन्नता से भर उठता। एक खुशहाल मुल्क को और क्या चाहिए! कितना प्रसन्न है यहाँ का आम आदमी। हर दो-तीन महीने में उसे महँगाई-भत्ते की किस्त मिल रही है। उसके बच्चों के लिए अच्छी शिक्षा का प्रबंध है। उसके घर में बिजली-पानी जैसी अहम सहूलियतें हैं। सबकी स्वास्थ्य-रक्षा के लिए उच्चकोटि के अस्पताल और डॉक्टर हैं। यह सही अर्थों में आज़ाद भारत है। मेरा भारत महान्। सुबह की ताज़ी हवा के साथ-साथ उसके फेफड़ों में राष्ट्र के लिए गर्व भर जाता और वह बड़े आश्वस्त कदमों से घर की तरफ लौटता। दिन-भर सत्ता के समीकरण, विपक्ष में सेंधमारी, प्रेस का प्रबंध जैसे कामों के टुकड़ों में वह अपना दिन तमाम करता और रात वक्त-बेवक्त घर लौटते हुए महसूस करता कि वह बहुत थक गया है। उसका मन देश के हर खास आदमी के प्रति ममत्व से भर जाता। आम आदमी को खुश रखने की चिंता में आज हर खास आदमी किस कदर परेशान है। आधी-पौनी रातों में मीटिंगें बुलाई जाती हैं, फोन खटखटाए जाते हैं, चिट्ठियाँ टाइप होती हैं। लोकतंत्र की सुरक्षा के लिए कितना कुछ होता है!

कार से उतरकर वह अपने ड्राइवर को टिप देता और कहता, ''जाओ, बाल-बच्चों के साथ मज़े करो।''

छह महीने बाद एक दिन फिर शहर में खबर हुई कि सुलेमान आज आया

हुआ है। हालाँकि यहाँ उसका पुश्तैनी मकान था, पर वह वहाँ न ठहरकर एक आलीशान होटल में ठहरा। वहाँ उसने दो कमरे किराए पर लिए, तो थोड़ी देर को हलचल मच गई कि सुलेमान अपने ड्राइवर और गार्ड के लिए भी अलहदा कमरा लेता है। जल्दी ही होटल का लाउँज उससे मिलने वालों से भर गया। इतनी भीड़ किसी मंत्री के मुलाकातियों की भी नहीं लगती होगी। जितना बड़ा आदमी हो, उतना ही उसे इंतज़ार करवाकर अतिशय विनम्रता के साथ कमरे में बुलवाना, देर के लिए खेद प्रकट करना और काम पहली फुर्सत में कर देने का आश्वासन देना। इन सब क्रियाओं में वह निष्णात हो चुका था। सत्ता के गलियारों में इस तरह के नाट्य-व्यापार उसने देखे और पचाए थे। उसे अंदाज़ा था कि कितने प्रतिशत आश्वासन और उम्मीद से एक ज़रूरतमंद आदमी प्रसन्न होता है। साल-छह महीने वह किसी भी ऐसे इंसान को उम्मीद के डिज़्नीलैंड में घुमा सकता था।

जो दोस्त सुलेमान से मिलने होटल पहुँचे, उनसे उसने कहा, "इस जगह मैं सिर्फ अजनबियों से मिलता हूँ। दोस्तों के घर मेरे लिए दरगाह से कम पाक नहीं हैं। शाम को मैं खुद आऊँगा आपके दौलतखाने।"

दोस्त अपने-अपने काम कुर्तों की जेबों में डाल वापस लौट गए। रात होते ही सुलेमान आया सुरेश पांडे के घर पर। सारे दोस्त वहाँ पहले से मौजूद थे।

सपनों के सौदागर ने अपनी दाढ़ी पर हाथ फेरा और बड़े बौद्धिक अंदाज़ में कहा, "दरअसल यह सोचना गलत है कि सार्थक राजनीति केवल विपक्ष में रहकर की जा सकती है।"

स्वागत भट्टाचार्य इस मंडली में नया आया था। वह कमल आहूजा का दोस्त था। उसने प्रथम श्रेणी में राजनीतिशास्त्र में एम॰ए॰ किया था और आजकल डी॰फिल॰ के सिनॉप्सिस के सिलसिले में कई क्रांतिकारी किताबें पढ़ रहा था। उसने सुलेमान की तेज़ी और तरक्की के बारे में तरह-तरह के चर्चे विश्वविद्यालय में सुन रखे थे। उसने कहा, "सार्थक एक अनेकार्थक शब्द है।"

"मैं इस वक्त इस शब्द का उपयोग उसके सबसे उदात्त रूप में कर रहा हूँ।" सुलेमान ने कहा, "अगर पक्ष में बने रहने से मेरे चंद अज़ीज़ दोस्तों का भला हो जाए और पक्ष का भी कृष्ण-पक्ष कम हो जाए तो इसे मैं एक सार्थक प्रवेश कहूँगा।"

"स्वागत, शटअप! स्वागत, शटअप!" कई आवाज़ों ने एक साथ कहा। स्वागत ने एक दर्शक मुद्रा बना ली और चुप बैठ गया।

"सुलेभाई, मेरे बायोडाटा का आपने क्या किया?" एक दोस्त ने पूछा।

सुलेमान के पास अद्‌भुत स्मरण-शक्ति थी। उसे खूब याद था कि उस बायोडाटा में क्या कमी थी।

''आपने उसमें यह नहीं लिखा, आप क्या हैं और क्या होना चाहते हैं?''

''ठीक है, मैं बेकार नहीं हूँ। पर ठीक से नौकरीशुदा भी नहीं। प्राइवेट कॉलेज की नौकरी को आप क्या कहेंगे?''

''उन लाखों बेरोज़गारों के बारे में सोचिए, जिन्हें एक अदद प्राइवेट नौकरी भी नसीब नहीं है?''

''सुलेभाई, इस तरह बड़ी इनसिक्योरिटी लगती है। हर महीने तबीयत घबराती है।''

''साले, तुम्हें सरकार की गोद में गिरकर ही सिक्योरिटी हासिल होगी।'' कृष्ण कुमार ने कहा, ''यहाँ कभी साला प्राइवेट-पब्लिक कोई काम ही नहीं मिला।''

''कृष्णभाई, सीता भाभी की तबीयत अब कैसी है?''

''पहले से बहुत बेहतर है। आपका भेजा हुआ डॉक्टर बहुत अच्छा था,'' कृष्ण कुमार ने कहा। वह जल्द से जल्द अपने बायोडाटा के बारे में पूछना चाहता था। उसे यह भी असुविधा हो रही थी कि इतने दोस्तों के बीच उसे अपनी गोपन इच्छा बतानी पड़ेगी। वह सुलेमान के बिलकुल करीब पहुँच गया और फुसफुसाकर बोला, ''सुलेभाई, आपने कुछ किया?''

''हाँ, आपके बारे में मेरी गवर्नर से बात हो गई है। इस वक्त राज्य में तीन यूनिवर्सिटियों के वाइस चांसलर बदले जाने हैं, नहीं, हटाए नहीं जा रहे, इनका टर्म पूरा हो रहा है। मैंने तीनों पैनल में आपका नाम डलवा दिया है। इस वक्त सब लोग ज़रा सूखा फ्रंट पर व्यस्त हैं। बहुत जल्द आपको कॉल आएगा। कृष्ण भाई, जब आपको कॉल आए तो मेरी लाज रख लीजिएगा। इनकार मत कीजिएगा।''

कृष्ण कुमार के चेहरे पर परमानंद का भाव आ गया। कहाँ तो वह किसी कॉलेज में लेक्चरशिप मिल जाने की हसरत पाले हुए था, कहाँ उसे तीन-तीन विश्वविद्यालयों के कुलपति-पद का प्रस्ताव मिलने वाला था। उसे अपनी धमनियों में नया खून दौड़ता महसूस हुआ।

रज़ा और फज़ल रुआँसे हो गए। उन्हें लगा, इस खेप में कृष्ण और सुरेश भाई के काम तो हो गए, उनका काम ज़रूर टल जाएगा। दोनों बेरोज़गार थे। उन्होंने कहा, ''सुलेभाई!''

सुलेमान पर सोलन का पानी अपना सुरूर दिखा रहा था। वह सिगरेट हाथ

में लिए-लिए मसनद के सहारे बैठे-बैठे ऊँघ गया। तंद्रा में उसे लगा, वह एक बहुत ऊँचे सिंहासन पर आसीन है। उसके आसपास हीरे, जवाहरात, मोती, माणिक बिखरे हुए हैं। अपने दरबार में आने वालों पर वह भर-भर मुट्ठी जवाहरात लुटा रहा है। अंत में बस वह रह जाता है और उसका सिंहासन।

सुलेमान की नींद खुली तो सामने उसने दोस्तों के चिंतित चेहरे देखे। उसे अपने दोस्तों पर बड़ा प्यार आया। तकलीफ भी हुई कि ये क्यों इस कदर फकीराना अंदाज़ में उसके इर्द-गिर्द बैठे हैं। उसे डपटकर क्यों नहीं कहते, 'सुलेमान, तुम यह करते हो कि नहीं?' इनकी हेकड़ी उसे प्यारी थी।

''सुलेभाई, क्या हुआ? आपकी तबीयत तो ठीक है?''

''सुलेमान, कुछ खा लीजिए।''

''सुलेमान!''

''सुलेमान!''

उसके मन में कुछ पिघलने लगा। ये दोस्त उसे प्यार करते थे। उन्हें उससे उम्मीदें थीं, जो वह पूरी करना चाहता था। वह सोचता था कि एक दिन वह खुद इतनी ताकत में आ जाएगा कि इन सबके काम चुटकी बजाते कर देगा। दोस्तों के इस संसार को वह उमर खैयाम की आँखों में देखता और वक्त के हाथों से दुनिया की तस्वीर छीनकर बदलना चाहता। काश, वह इन सबके सपने पूरे कर सकता!

'कितने प्यारे हैं ये लोग,' उसने सोचा, 'सब एक से एक टैलेंटेड हैं—कोई लेखक है, कोई अध्यापक, कोई कलाकार। इनकी ज़िंदगी कितनी साफ और सादा है। इनके अंदर जीवन में कितना ऊपर उठने की गुंजाइश है। इनसे बात करना हरिद्वार की गंगा में नहाने जैसा स्फूर्तिदायक है। लेकिन ये कितनी छोटी-छोटी चीज़ों के पीछे लगे हैं! ये रोटी, कपड़ा, मकान के अलावा और किसी दिशा में विकास के लिए प्रयत्नशील नहीं हैं। ये अपनी प्रतिभा नहीं पहचानते।' इन दोस्तों के चेहरे जीवन के ताप से तँबिया गए थे। सुलेमान को ये सब अज़ीज़ थे। ये उसके जीते-जागते सपने थे। लखनऊ में उसने देखा था, सत्ता-पशुओं का यथार्थ और उनकी जड़ता। तब हर पल उसे ये दोस्त याद आते थे। उन्हें उपलब्धि के शुभ लाभ में लगाकर वह अपने सुंदर सपने तोड़ना नहीं चाहता था। ये दोस्त उसके फेफड़े थे। इन्हें देखकर वह ज़िंदा रहने का मकसद पाता था। सुलेमान को अगर कविता आती होती तो वह इन दोस्तों पर महाकाव्य लिख डालता। लखनऊ में बने संपर्क सलाद के समान थे। थोड़ी देर ध्यान न देने पर कुम्हलाकर

अपरिचय में बदल जाते, जबकि यहाँ के ये संबंध अचार की तरह थे। हर बार चाहे जितने दिन बाद सुलेमान आता, मर्तबान के मुँह से कपड़ा हटाता और वही खरी, मुकम्मल और सुहानी खुशबू उसे अभिभूत कर देती। ऐसे नेकदिल दोस्तों को टके-टके के लाभ कराकर वह इस खुशबू को खोना नहीं चाहता था। इनके घरों के मुचड़े बिस्तर में, मैले तौलियों और टपकती छतों में गहरा अपनापन था। वह आँख मूँदकर बता सकता था, कौन से दोस्त की चप्पल में कहाँ सिलाई है और कहाँ कील की मरम्मत।

'क्यों बदलना चाहते हैं ये अपना जीवन?' उसने खिन्न होकर सोचा, 'क्या इतना काफी नहीं है कि ये अपने सपने देखते रहें और खुश रहें? इन्हें पता नहीं, कामयाबी एक कुत्ता-दौड़ है। इसमें पड़ा इंसान अपना चेहरा तक नहीं चुन सकता।'

सुलेमान का मन भारी हो गया। दोस्तों की निरीहता उसे अंदर तक हिला रही थी। उसने कहा, ''यकायक मुझे याद आया। सुबह पी॰एम॰ का संदेश लेकर सी॰एम॰ का एक आदमी घर आने वाला है। मुझे जाना होगा।''

''सुलेभाई, खाना तो खा लीजिए।''

''नहीं, डोंट वरी, पीने के बाद मैं वैसे भी कम खाता हूँ।''

सुलेमान की आँखें नींद और सुरूर से झपक रही थीं और कदम कुछ काँप रहे थे। दोस्तों के सहारे वह अपनी कार तक पहुँच गया।

''सुलेभाई, मेरा काम याद रखिएगा।''

''सुलेमान···मेरा···''

''सुलेमान···मेरा···''

''आप सब मेरी अपनी धड़कन हैं। मैं आपको कैसे भुला सकता हूँ मेरे दोस्तो!'' सुलेमान ने कहा।

ड्राइवर ने गाड़ी स्टार्ट की।

''वापस लखनऊ।'' सुलेमान ने कहा और पिछली सीट पर नींद में अलसाया पसर गया। यह उसका सपने देखने का वक्त था।

छुटकारा

मेरी समझ में नहीं आ रहा था, मैं और क्या बात करूँ? मैंने अपने नाखूनों का विस्तार से निरीक्षण शुरू कर दिया। बढ़े हुए नाखून बत्रा का खून उबालने के लिए पर्याप्त कारण रहे हैं। वह निगाह टमाटर के रस पर जमाए रहा। मेरे मुँह के एकदम सामने पेडस्टल पंखा चल रहा था और मेरे छोटे-छोटे बाल बराबर बगावत कर रहे थे। यह वैंगर्ज़ की विशेषता थी कि विश्वविद्यालय वाली उसकी शाखा में कुर्सियाँ हमेशा टूटी, मेज़ें लँगड़ी और पंखे शरारती होते थे। गर्मियों की छुट्टियों में एक खास छात्र वर्ग की भीड़ होती, जो एम॰ए॰ प्रीवियस के बाद फाइनल का घोखना तीस अप्रैल से ही शुरू करने में विश्वास रखती या जिन्हें और कहीं मिलने-मिलाने की सुविधा न होती, शायद लड़की के माँ-बाप अतिरिक्त अनुशासनप्रिय और लड़के के साथ उसके कमरे में कोई पार्टनर।

मुझे बत्रा के साथ यहाँ आना अजीब लगा था। पहले नहीं लगता था। अब इन दोनों वर्गों से हम बाहर थे। पिछले दिनों मेरे अनुसार हम पहली श्रेणी और उसके अनुसार दूसरी श्रेणी के छात्रों में गिने जाते थे।

बत्रा ने तीसरी बार वही पूछा, ''और क्या किया वहाँ?'' मुझे लगा, मैं बेवजह पुलिस इंस्पेक्टर के दफ्तर में बैठा दी गई हूँ।

''देखो, मई-भर हम पढ़ते रहे, जून-भर लिखते और आधी जुलाई में तो बस यहाँ जाओ, वहाँ जाओ। दम मारने की फुर्सत नहीं मिली। तुम्हें जवाब तक नहीं दे पाई। रोज़ सोचती रही। फिर सोचा, ट्रंककॉल ही करूँगी। सच, तीन दिनों तक लगातार कोशिश की, तुम्हारा टेलीफोन ही खराब पड़ा था।''

''क्या-क्या पढ़ लिया?''

''तुमने बड़ी तारीफ मारी थी आयनेस्को की। उसका 'एमिडे' बिलकुल बकवास लगा। फिर नीग्रो कविताएँ पढ़ती रही। सच, इतनी पुरअसर हैं, तुम्हें दूँगी।''

"और?"

मेरी कैज़ुएलनेस चटखकर टूट गई। बत्रा की आवाज़ में कोई फर्क नहीं था। वही ज़्यादा जागे रहने की तत्परता, पर उसके वाक्य मिलकर बातचीत नहीं बन रहे थे, वे कड़े लग रहे थे।

"ऐसे क्यों बोल रहे हो?"

"मैं क्या कह रहा था, दिल्ली में इस बार बहुत धूल उड़ी। सुबह उड़नी शुरू होती और रात तक उड़ती रहती। कभी-कभी हम लोग आश्चर्य करते, इतनी धूल आई कहाँ से? तुमने पीली धूल देखी है कभी, एकदम पीली?"

मुझे चिढ़ाया जा रहा था। मुझे कोई चिढ़ाए तो मैं एकदम चिढ़ जाती हूँ।

पिछले साल लाइब्रेरी से हम चार बजे चाय के लिए उठते थे। मेरे दिमाग में मिल्टन या हार्डी घूमता रहता और मैं भूल जाती थी कि चाय का समय रिफ्रेश होने का समय है। दो-एक विषय आज़माने के बाद बत्रा मिल्टन पर ऐसे धाराप्रवाह बोलता कि मैं कानों पर हाथ रख लेती थी। एक बार सिर्फ 'प्रेज़ेंट' कहने पर एक प्रोफेसर के आपत्ति करने पर बत्रा क्लास में 'सर, प्रेज़ेंट सर' कहने लगा था।

मैंने बत्रा को भरसक ठंडेपन से याद दिलाया कि धूल में मेरी रुचि कभी नहीं थी।

बत्रा कुछ कहते-कहते रुक गया और हँस पड़ा, "क्या हम हेनरी जेम्स पर बात करें?"

मैं चुप हो गई। मैं घर जाना चाहती थी। असल में मैं आना ही नहीं चाहती थी। चलते हुए मुझे यही महसूस हो रहा था। फोन पर बत्रा को समय देते हुए मुझे लगा था, जैसे मैं शून्य में शून्य से समय नियत कर रही हूँ।

मैं वहाँ किसी से न मिलने का कोई अनुबंध नहीं कर आई थी, ऐसे वायदों वाली कोई साँझ नहीं बीती थी, आखिरी भी नहीं, पर मिलने-जुलने से मुझे विरक्ति होती जा रही थी। बिना उल्लास के किसी से मिलना ऐसे लगता, जैसे बिना नमक के खाना।

इस समय हम दोनों के गिलास खाली थे और हम थोड़ी-थोड़ी देर में खाली गिलास मुँह से लगाकर बर्फ के टुकड़ों का गीलापन महसूस कर लेते।

बत्रा ने छठी सिगरेट जलाई, "तुम चश्मा उतारकर बहुत छोटी लगती हो!"

मैं यह सुनने के लिए तैयार नहीं थी या शायद यह वाक्य एक दोहराहट

थी। कहीं से आई इसकी पहली अभिव्यक्ति कॉम्प्लिमेंट थी, यह दूसरी कमेंट। यह परिवर्तन सबने गौर किया था। माँ को मैंने यह कहकर संतुष्ट कर दिया कि आँखें अब ठीक हो गई हैं। परिचितों को पहली बार पता चला था कि मेरे चेहरे पर आँखें भी थीं। वैंगर्ज़ में आकर बैठने को झुकी ही थी कि मैंने बत्रा की निगाहों में बैरोमीटर देख लिया। इसके लिए तैयार होते हुए भी मैं तैयार नहीं थी।

बत्रा को मैं स्वस्थ दिखी। मुझे पता था, तीन महीने में दस पौंड अतिरिक्त वज़न देह पर सही जगहों पर स्पष्ट हो जाता है, पर संकोच के मारे मैं झूठ बोल गई।

''चंडीगढ़ वाली बहन जी आई हुई हैं।'' बत्रा ने बताया।

''अच्छा।'' मैं आगे बोल नहीं पाई।

बत्रा की आँखों में एक पैनापन था, जिसकी वजह से मैं कभी उससे बहुत सारे झूठ एक साथ नहीं बोल पाई। वह कहता कुछ नहीं था। उसके होंठ हँसते रहते और आँखें निरीक्षण करती रहतीं। एक बार वह नाराज़ था कि मैं ओडियन समय पर क्यों नहीं पहुँची। दरअसल मुझे घर से निकलने में देर हो गई थी और स्कूटर मिल नहीं पाया। टैक्सी लेने लायक उदारता मुझमें कम ही आती है, इसलिए बस से पहुँची थी–पैंतालीस मिनट देर से। मैंने कहा, ''मैं सो गई थी और देर से उठी।'' बत्रा चुप खड़ा रहा था। मैंने और ज़ोर लगाकर बताया कि रात मैं बिलकुल सो नहीं पाई थी और अगर दिन में भी न सोती तो अवश्य क्रैश कर जाती। मैंने नींद की गोली भी ली थी।

बत्रा ने बड़े आकर्षक तरीके से समझाया था, ''झूठ खुद ब खुद होंठों से निकलना चाहिए। इतनी शक्ति सच बोलने में लगाया करो।''

मैं बत्रा के सामने ज़्यादा देर चुप रहना नहीं चाह रही थी। कुछ लोगों की चुप्पी कोरी होती है, उन्हें पकड़े जाने का डर नहीं होता। मेरे चुप रहने पर मेरा मन मेरे चेहरे पर उभर आता था। किन्हीं कामों को मैं ज़बरदस्ती 'हाँ' भी कर देती तो घर पर कभी कोई मुझसे करवाता नहीं था। बत्रा के अनुसार, मेरे चेहरे पर 'न' बड़ी जल्दी और बड़ा स्पष्ट लिख जाता था।

मैं बत्रा को हमेशा सात सिगरेटों के बाद रोक देती थी। अधिकतर तब हम फिर कॉफी या टोमैटो जूस मँगाते थे। बत्रा को आठवीं सिगरेट जलाते देख मुझे खुशी हुई। सिर्फ दोहराने के लिए दोहराना ऐसा हो जाता है, जैसे पहाड़े रट रहे हों।

बत्रा इंतज़ार कर रहा था।

मैं भी इंतज़ार कर रही थी।

मैं जानती थी, वह स्वयं नहीं कहेगा। उसने कभी किसी से कुछ नहीं माँगा। जब उसने फोन किया था, तब ज़रूर मुझे महसूस हुआ था कि वह एक माँग के रूप में आज का समय चाह रहा है। मैंने अपने आपको इसके विरुद्ध तैयार कर लिया था। यह एक शर्त थी, जिसे मन में रखकर मैं यहाँ आ गई थी। पहले कुछ मिनटों में मुझे बत्रा जाँच-पड़ताल विभाग का अधिकारी लगा था, पर फिर मैंने पाया, हम दोनों हर बार उस 'माँग' को उलाँककर जा रहे थे और अपने आप में और उद्विग्न हो गए थे। यह अजीब था, पर अब मैं घर वापस भी नहीं जाना चाह रही थी। बत्रा के साथ दिन के इस समय बैठना थोड़ा अजीब था, पर गलत नहीं। मुझे अपना वहाँ होना अनुचित नहीं लगा था। बत्रा के साथ अनुचित कुछ नहीं था। मुझे आज तक उसके साथ 'बचाव' वाली पद्धति की शरण नहीं लेनी पड़ी थी। मेरे मन में इस वक्त एक ईमानदार आकांक्षा थी। हमने अपने बीच सुस्ती के क्षण बहुत कम बिताए थे। मैं बत्रा को वैसे ही 'ग्रिन' करते देखना चाह रही थी, पर मुझे एक भी ऐसी बात नहीं सूझ रही थी, जिससे मैं उसे हँसा सकूँ। हमारे दोस्त कहा करते थे कि हमारी दोस्ती इसलिए है, क्योंकि हमारे दाँत एक से एक सुंदर हैं और हँसते हुए हम दोनों होड़ लेते रहते हैं। मेरा बहुत मन था कि मैं बत्रा की खुशी देख सकूँ। वह मेरे सामने वैसे ही पाँव फैलाकर बैठ ले और सिगरेट के धुएँ में से अजीबोगरीब बातें ईजाद करे। धुआँ आज गंभीर था।

मेरा मन दुखी हो गया। बत्रा इस समय खाली लग रहा था, दाएँ-बाएँ, अगल-बगल। पहले तो वह होता था और होतीं बेशुमार खबरें, अफवाहें, लतीफे, वाक्यांश, हँसी और तेवर।

खाली गिलास में सिगरेट की राख झाड़ता वह बीता हुआ कल था। हम साथ नहीं बैठे थे, सिर्फ बत्रा यहाँ बैठा था। उसे पता था, मैं वहाँ नहीं थी और मेरी आँखों का फोकस हज़ारों मील दूर था। पर मैं बत्रा को हलका महसूस करते देखना चाहती थी। मैं चाहती थी, वह ऐसे अकेला न हो, पर उसके लिए मैं कुछ कर नहीं सकती थी। किसी के अकेलेपन का मर्म समझकर भी उसे बाँट न सक पाना करुण होता है। इतना गीलापन हमारे स्वभावों के विपरीत था।

''बहन जी आई हुई हैं, मैंने बताया न।''

''हाँ।'' इस बार भी मैं कह नहीं पाई।

बहन जी के आने पर मैं रोज़ लाजपत नगर जाती थी। बत्रा को वापसी में स्कूटर चलाना हमेशा अच्छा लगता था।

बत्रा ने कहा नहीं, 'चलें।' उठकर खड़ा हो गया, माचिस समेटी, सिगरेट की डिबिया पिचकाकर गिलास में फँसाई और मेरे साथ निकल आया।

बिना सिगरेट के पूरे होंठों से उसने 'बा-य' कहा तो मैं गेट की ओर मुड़ गई। वह लाइब्रेरी वाली छोटी सड़क पर पहुँच गया था।

अभी शाम बाकी थी। लाइब्रेरी में बैठने वाले सभी विद्यार्थी अभी बाहर टहल रहे थे। हमने एक-दूसरे की ओर दूर से खुलकर देखा। गहरी शाम में बत्रा की क्रीम रंग की बुश्शर्ट सफेद नज़र आ रही थी। उसका कद दूर से औसत से कम लग रहा था। वैंगर्ज़ में उसके शरीर में एक कड़ापन था, वह अब ढीला हो आया था। दिन और रात के इस गाढ़े संधिस्थल में हमें एक-दूसरे की चाल ऐसी लगी, जैसे डाक बाँट लेने के बाद खाली थैला हिलाते डाकिए की।

पीठ

वह आइमैक्स एडलैब्स के विशाल गुंबद छविगृह के परिसर में, 'एडोरा' के शोरूम में, तस्वीर की तरह एक स्टूल पर बैठी थी। उसके चारों ओर तरह-तरह के विद्युत उपकरण चल-फिर रहे थे, जल-बुझ रहे थे। स्वचालित सीढ़ियाँ और पारदर्शी लिफ्ट को एक बार नज़रअंदाज़ कर भी दिया जाए, पर विद्युत झरने पर तो गौर करना ही पड़ा, जो अपनी हरी रोशनी से उसे सावन की घटा बना रहा था।

कैफे की कुर्सी पर टिका-टिका हर्ष उसे बड़ी देर तक देखता रहा। उसे लगा, उसके सामने 4×6 का कैनवस लगा है, जिस पर झुका हुआ वह इस ताम्र-सुंदरी का चित्र बना रहा है। पहले वह हुसैन की तरह लंबी, खड़ी, तिरछी बेधड़क रेखाएँ खींचता है, फिर रामकुमार की तरह उसमें बारीकियाँ भर रहा है।

लेकिन बारीकियाँ भरने के लिए अपने मॉडल को नज़दीक से जानना होता है।

वह कैफे से उठा।

एकदम सीधे उस तक पहुँचने की हिम्मत नहीं हुई।

वह गुंबद परिसर में बेमतलब घूमता रहा।

उसने नरम चमड़े के मूढ़ों पर बैठकर देखा। दूर से ये मूढ़े विशाल गठरी जैसे लग रहे थे, लेकिन बैठते ही ये आरामकुर्सी में तब्दील हो गए। ज़्यादा महँगे भी नहीं थे, लेकिन यह तय था कि ये जगह बहुत घेरते।

हर्ष को अपना कमरा याद आया, जो इतना छोटा था कि वह कभी वहाँ लाइफसाइज़ तस्वीर पर खुलकर, फैलकर काम नहीं कर पाया। वह सोचता रहा, लड़की के पास जाए या न जाए।

उसे दर्शन की याद आई। दर्शन को कहानियाँ, नाटक लिखने का शौक था। पहले-पहल वह विशुद्ध स्वांतः सुखाय लिखा करता था। फिर मित्रः सुखाय लिखने लगा। अब तो बाकायदा बहुजन हिताय, बहुजन सुखाय लेखन करता और प्रसार-भारती की गोद में खेलता है।

कितना अजीब है कि बी॰ए॰ किए हमें चार बरस बीते या चालीस, हम उन दिनों के दोस्तों को इतनी भावुकता से याद करते हैं। वे दिन, वे दोस्त, किसी पुरानी फिल्म की तरह, हमारी आँखों में चलते-फिरते ज़िंदा होते जाते हैं। उनकी स्मृतियाँ हमें स्पंदित करती रहती हैं। उसी परिसर में थोड़ा आगे, बच्चों के लिए खेल-पार्क था। यहाँ विद्युतचालित पागल गति के खिलौने थे—दुश्मन टैंकरों को मार गिराने वाली कड़कड़ाती बंदूकें और गनगनाती मोटरसाइकिलें। इन वीडियो खेलों में गति नहीं, गति का संभ्रम था। बच्चों के मनोरंजन में कौतुक, विस्मय, सौंदर्य, संगीत के लिए कोई स्पेस नहीं था। भारी बक्सों में विकृत आवाज़ें और दृश्य भरे हुए थे। बच्चों के मूढ़ माँ-बाप उन्हें इन खेलों में व्यस्त कर गर्व और आनंद से मुस्करा रहे थे।

स्वचालित सीढ़ियों के नीचे फव्वारा था और छोटा-सा तालाब। तालाब के ठीक सामने वह स्टॉल था, जिसके स्टूल पर वह लड़की बैठी थी, निश्चल।

हर्ष को अफसोस हुआ कि वह अपनी स्केचबुक साथ नहीं लाया। 'एडोरा' में बिजली से चलने वाले घरेलू उपकरणों की प्रदर्शनी लगी थी। स्टॉल में दो लड़के दाईं और बाईं ओर खड़े थे।

हर्ष बेमतलब महारानी मिक्सी का वह कागज़ पढ़ने लगा, जिसमें संजीव कपूर हँसते हुए न्योत रहा था—'खाना खजाना की शान, महारानी मिक्सी से पिसी दालें और मसाले।'

उसके हाथ में कागज़ देखते ही ताम्र-सुंदरी हरकत में आई। स्टूल से उतर वह मिक्सी काउंटर पर पहुँची। उसने अपनी बड़ी-बड़ी आँखें उठाकर हर्ष को देखा और बोली, "यह हमारा सबसे अच्छा उत्पाद है। इसमें कड़ी से कड़ी चीज़ भी मिनटों में पिस जाती है। मैं आपको हल्दी पीसकर दिखाऊँ?"

'नहीं, नहीं,' हर्ष कहना चाहता था, पर तब तक लड़की ने हल्दी की गाँठें डालकर मिक्सी चला दी।

हाथ के इशारे से हर्ष ने उसे रोका। उसे बताया कि नून, तेल, हल्दी की उसके जीवन में फिलहाल कोई जगह नहीं।

लड़की कपड़े धोने का उपकरण दिखाने लगी।

"देखिए, यह सामने से खुलने वाली मशीन है। इसमें कपड़े ऐसे धुलते हैं।" उसने हाथों से मूक अभिनय किया।

हर्ष को हँसी आ गई। क्या यह लड़की उसे अपना संभावित ग्राहक समझती है? वह तो गुणग्राहक की भूमिका में आया है। उसने कहा, "जब कपड़े मैले

हो जाते हैं, मैं नए खरीद लेता हूँ।''

''क्या आप इतने अमीर हैं?'' लड़की की आँखें कुछ फैल गईं।

''नहीं, मैं इतना आलसी हूँ।''

लड़की ने एक क्षण दिलचस्पी से हर्ष को देखा, फिर वह वापस स्टूल की तरफ जाने लगी।

हर्ष को लगा, उसे तत्काल कुछ करना होगा। वह यकायक बोल पड़ा, ''क्या आप मेरे साथ कॉफी पीना पसंद करेंगी, यहीं सामने?''

उसकी आशा के विपरीत लड़की ने कहा, ''हाँ प्लीज़, मैं बहुत ऊब रही हूँ।''

''यहाँ की बिक्री?'' हर्ष ने पूछा।

''बिक्री करना मेरा काम नहीं है। मैं सामान का प्रदर्शन करती हूँ। बिक्री वाले लड़के यहाँ खड़े हैं।'' उसने दोनों लड़कों की तरफ इशारा किया।

लड़की ने अपना पर्स स्टूल से उठाया। लड़कों से कहा, ''दस मिनट के लिए जाती हूँ, ठीक है?''

लड़कों ने गर्दन हिला दी।

हर्ष को लगा, लड़की खुली किताब है। पहली मुलाकात में सब कुछ बता दिया। नाम : इंदुजा, शिक्षा : बी॰एस-सी॰, काम : प्रत्यक्ष प्रचार।

''अर्थात् मॉडलिंग!'' हर्ष ने कहा।

''बिलकुल नहीं। मैं मटक-मटककर रैंप पर कैटवॉक कभी न करूँ,'' लड़की को मॉडल शब्द से परहेज़ था।

''हम कलाकारों की दुनिया में मॉडल इतना खराब शब्द नहीं समझा जाता। हमारे लिए तो सारी सृष्टि ही मॉडल है।''

''सिर्फ भू-दृश्यों के लिए। आजकल कौन बनाता है भू-दृश्य। आपकी दुनिया में मॉडल का मतलब आज भी सजीव नग्न आकृति है। आपके यहाँ मॉडल और नग्नता पर्यायवाची शब्द हैं।''

हर्ष ने लड़की को जैसा समझा, उससे वह कहीं ज़्यादा सचेत निकली। उसने कहा, ''आपके दस मिनट हो गए हैं। आप फिर कभी मिलें तो मैं आपको बताऊँ कि पेंटिंग की खूबसूरती और खुसूसियत क्या है।''

इंदुजा ने कहा, ''ठीक है हर्ष!''

हर्ष चौंका, ''आप मेरा नाम जानती हैं?''

''हाँ। जहाँगीर आर्ट गैलरी में आप अपनी एकल प्रदर्शनी में अलग और

अकेले खड़े थे, तब मैंने आपकी तस्वीरें देखी थीं।''

हर्ष बहुत खुश हो गया।

''देखता हूँ, विज्ञान की पढ़ाई ने कला के दरवाज़े आपके लिए बंद नहीं किए।''

''दरवाज़े तो सिर्फ रोज़गार के बंद पड़े हैं।''

''मगर यह काम जो कर रही हैं?''

''यह तो दस दिन का काम है। पाँच हज़ार का अनुबंध है। पाँच सौ रुपए रोज़। इसके बाद छुट्टी।''

''फिर क्या करेंगी?''

''किसी और चीज़ का प्रचार करूँगी। प्रस्ताव आते रहते हैं।''

''कल आएँगी?''

''बताया न, दस दिन का कैंप है। आज तो दूसरा ही दिन है।''

जानकारी छोटी थी, पर हर्ष को बड़ी लगी। इतनी बड़ी कि उसे दर्शन को बताने की जल्दी हो गई।

दर्शन घर पर अगली स्क्रिप्ट पर काम कर रहा था। हर्ष का तरोताज़ा, क्लीन शेव्ड चेहरा देखकर बोला, ''लाइन मारने जा रहे हो या लाइन मारकर आ रहे हो?''

हर्ष ने भौंहें सिकोड़ीं, ''हर हफ्ते सड़ियल सीरियल लिखते-लिखते तुम्हारी भाषा बरबाद हो रही है। लाइन मारना क्या होता है, बोलो?''

दर्शन सकपका गया। जब से वह हफ्तावार लेखन करने लगा था, पैसा तो उसके ऊपर बरस रहा था, पर उसके आत्मविश्वास में कमी आई थी। हालाँकि उसकी निरीक्षण-दक्षता और विसंगति-बोध पहले से तेज़ हुआ था। उसे हमेशा लगता कि कल कोई बेहतर लिक्खाड़ आकर उसके साम्राज्य पर कब्ज़ा जमा लेगा।

हर्ष अपने क्षेत्र का फ्री-लांसर था। पेंटिंग में उस पर न कोई नियम थोपे जा सकते थे, न शर्तें। अब तक उसे नौकरी में बाँधने के समस्त प्रयास विफल सिद्ध हुए थे। एक बार बंबई शिपिंग कॉरपोरेशन की कला-प्रेमी मालकिन ने बड़े इसरार से उसे अपने सुसज्जित बँगले में एक कमरा देकर कहा था, 'हर्ष जी, मैं चाहती हूँ, आप मेरे घर को एकदम शांतिनिकेतन बना दें। इसकी हर दीवार पर आपका हस्ताक्षर सहित चित्र सजे।'

उसने चित्रकार के लिए नई-नकोर कैनवस, तूलिका और रंग मँगा दिए।

हर्ष तीसरे ही दिन वहाँ से भाग आया, अधूरी तस्वीर वहीं छोड़कर। साथी

कलाकारों ने पूछा, 'क्या हुआ यार? मालकिन ने तुम्हारी ईगो से छेड़छाड़ कर दी क्या?'

हर्ष ने सिगरेट का टोंटा ज़मीन पर रगड़कर बुझाते हुए कहा, 'नहीं यार, पर इतने चिकने वैभव में पेंटिंग तो क्या, मुझे पॉटी भी नहीं उतरती। वह मेरी दुनिया नहीं। दो रातों से सो ही नहीं पाया।'

इरफान उसे जानता था। उसने कहा, 'तुम्हें नींद तभी आती है, जब पंद्रह-बीस मिनट अपने कमरे का झड़ता पलस्तर टकटकी लगाकर देखते रहो।'

'कसम से, मुझे अपना कमरा बड़ा याद आया।'

ऐसे बेढब आदमी से बड़े ढब से बात करनी होती है, दर्शन को इसका एहसास था।

''सॉरी यार, मामला गंभीर है क्या?''

अगले दिन दर्शन को ताम्र-सुंदरी दिखाई गई। तय हुआ, हर्ष आगे बढ़े।

महीने-भर हर्ष ने बहुत काम किया। दो तस्वीरें पूरी और एक अधूरी बनाई। दोनों तस्वीरों के ग्राहक भी फौरन मिल गए। वह रोज़ आइमैक्स गुंबद छविगृह जाता रहा और बाद में दादर स्टेशन पर मँडराता रहा, क्योंकि इंदुजा दादर में रहती थी। जल्द उसने दोस्तों को खबर दी कि वह इंदुजा से शादी करेगा।

इंदुजा शायद इतनी जल्दबाज़ी पसंद न करती, पर उसके घरवाले उसकी शादी के बारे में सोचना बंद कर चुके थे। वे उससे छोटी लड़की की सगाई कर चुके थे और अब लड़के की शादी की तैयारी में थे। वे इंदुजा को समझाते, ''तुम इतना कमाओ कि तुम्हें शादी-ब्याह की परवाह ही न रहे। पाँच सौ रुपए रोज़ में जो मर्ज़ी करो। शादी में सौ झंझट हैं।''

इन बातों से इंदुजा भड़की हुई थी। फिर हर्ष जैसा सुदर्शन विकल्प जो मिल रहा था।

दर्शन ने पग-पग पर इन प्रेमियों का साथ दिया। वह अपनी छोटी-सी कार, बड़े से फ्लाइओवर के नीचे मामा लॉण्ड्री के पास पार्क कर, दादर में दिन-भर इंतज़ार करता रहा कि कब इंदुजा घर से भागकर आए और वह उसे गंतव्य तक पहुँचाए। अदालत से विवाह प्रमाणित हो जाने के बाद दर्शन ने ही इंदुजा के घर तार किया। वकील की सलाह के मुताबिक दर्शन इंदुजा के घर पर भी स्वयं सूचना देने गया कि उसकी शादी हो गई।

अगले कुछ महीने दोस्तों ने हर्ष का नाम हर्षातिरेक रख दिया। उसका सारा ढब ही बदल गया। अब उसके घर वक्त-बेवक्त बियर-बैठक नहीं हो सकती थी।

दोस्तों के घर उसके चक्कर कम हो गए। कलावीथियों में कभी सब टकरा जाते। हर्ष कहता, वह जल्द उनकी गप्प-गोष्ठी में शामिल होगा, पर आजकल एक पीस पर काम चल रहा है।

"मास्टरपीस?" दर्शन पूछता।

"यह तुम्हारे हिंदी-लेखन की दुनिया नहीं, जिसमें जो भी, जब भी लिखा जाता है, मास्टरपीस ही होता है।" हर्ष हँसता।

लेकिन मन ही मन उसे एहसास होता कि दोस्त बहुत गलत भी नहीं कह रहे। जिस पीस पर वह काम कर रहा था, वह उसके लिए खास मायने रखता था।

इस तस्वीर की शुरुआत में एक इतिहास था।

इंदुजा की ताँबई रूप-राशि का ऐश्वर्य उसे दिन पर दिन रससिक्त करता जा रहा था। इंदुजा को भी हर्ष के संग एक-मन एक-प्राण की अनुभूति बनी हुई थी। गर्मियों की एक रात उमस से घबराकर इंदुजा ने एकदम महीन मलमल का कुर्ता पहन लिया, बिना अंतःवस्त्रों के। षट्कोणीय लैंपशेड की आड़ी-तिरछी किरणें उसकी पीठ को जगमगा गईं। उसकी ताँबई त्वचा पर सुनहरी प्रकाश-रश्मियाँ 'खो-खो' खेल रही थीं। उस वक्त हर्ष की उपस्थिति और अपनी देह की अवस्थिति से निस्संग वह कुर्ते के आगे का हिस्सा उठाकर अपने को हवा कर रही थी।

नहीं, हर्ष तुरंत कागज़-पेंसिल लेकर नहीं आया। उस क्षण तो वह तपे हुए ताँबे का स्लोप निहारता रहा। उस स्लोप में मेरुदंड की दो-तीन हड्डियाँ उभरी हुई थीं, जैसे दो-तीन पड़ाव।

इंदुजा ने घूमकर हर्ष को देखा, जैसे उसे पता चल गया कि हर्ष क्या सोच रहा है। उसने कुर्ता नीचे किया और कहा, "इस बार कूलर ज़रूर लगवा लो। कमरा भट्ठी की तरह तप रहा है।"

"मैं भी।"

"लेकिन मैं नहीं। मैं नहाने जा रही हूँ।"

इंदुजा कमरे से चली गई, पर उसकी छवि हर्ष की आँखों में समा गई। बगल के अधकमरे में उसने स्टूडियो बना रखा था। वहाँ बेतरतीब कागज़, हार्डबोर्ड, रंग, ब्रश पड़े रहते। थिनर की गंध हमेशा इस कमरे में कैद रहती। यहाँ बिछी दरी में भी तरह-तरह के रंगों के निशान पड़े थे। एक कोने में मेज़ पर चारकोल के टुकड़े, प्लास्टर ऑफ पेरिस की छोटी थैली और रंगपुती शीशी में पानी रखा

था।

आधार-चित्र बनाने में हर्ष को देर नहीं लगी।

रंग और रेखाओं के विवरण में बहुत सावधानी बरतनी थी।

हर्ष रात-भर चित्र में लगा रहा।

इंदुजा एक बार आकर देख गई।

आधी रात जब उसकी नींद खुली, वह फिर स्टूडियो में आई।

अब तक चित्र स्पष्ट हो गया था।

उसने एतराज़ किया, "देखो, तुम्हें पता है, मुझे मॉडलिंग से चिढ़ है। तुमने मेरा चित्र क्यों बनाया?"

"इंदु, इस पीस में मेरे सत्ताईस सालों के संस्मरण हैं।"

हर्ष ने कई सैशन में चित्र में कुछ परिवर्तन किए। स्मरणशक्ति ने उसका साथ दिया। अब यह पीठ अकेली इंदुजा की नहीं थी, इसमें कई पीठों की स्मृतियाँ आ मिली थीं। इस पीठ में माधुरी दीक्षित की पीठ थी, स्मिता पाटिल की पीठ थी। यह पीठ कमनीय से अधिक कोमल थी, कोमल से अधिक कृश थी। इसमें निराला की क्लासिक कविता 'वह तोड़ती पत्थर' वाली मज़दूरनी की भी पीठ थी। यह कई-कई सुधियों की पीठ थी। पूरे कैनवस पर यह अकेली, लंबी, साँवली आकृति थी, जो उतान भी थी और ढलान भी।

यह तस्वीर एक साकार स्वप्न की तरह बनी। जिस दिन राष्ट्रीय कलावीथी में अन्य चित्रों के साथ इसे प्रस्तुत किया गया, बाकी चित्र जैसे अनुपस्थित हो गए। स्वयं उसके साथी कलाकार हर्ष की सराहना किए बगैर न रह सके। कला-समीक्षकों ने अखबारों में हर्ष की चित्रकला में अमृता शेरगिल से लगाकर जतिन दास तक से आगे की संभावनाएँ ढूँढ़ीं। और तो और, कलावीथी के बाहर 'पीठ' चित्र के फोटो-प्रिंट बिकने लगे।

शहर के सबसे अमीर उद्योगपति ने कई लाख में चित्र खरीद लिया।

दोस्तों ने दावत माँगी।

सूर्या में पार्टी रखी गई। इस शाम के लिए इंदुजा ने सलमे-जड़ी काली ड्रेस चुनी और हर्ष ने क्रीम कलर का कुर्ता सेट। पार्टी में सब कुछ बेहतरीन रहा।

रुखसत होते रात का एक बज गया। नवरोज़, इरफान और दर्शन ने बड़ी मुबारकें दीं। तभी दर्शन ने कहा, "हर्ष, इस मास्टरपीस का श्रेय तुम्हें नहीं, तुम्हारी मॉडल को जाता है।"

"मैंने मॉडल कहाँ इस्तेमाल किया?" हर्ष ने विस्मय दिखाया।

''हम भी समझते हैं दोस्त! यह इंदुजा की पीठ है, शत-प्रतिशत।''

''मुझे तो पता भी नहीं, बाई गॉड!'' इंदुजा ने आश्चर्य दिखाया।

''तुम उधर के मेहमानों पर ध्यान दो।'' हर्ष ने इशारे से इंदुजा को हॉल के दूसरे कोने में भेज दिया।

घर लौटकर इंदुजा ने कपड़े बदलते हुए कहा, ''आज अपनी सहेलियों से मिलकर बड़ा अच्छा लगा। ये सब मेरे साथ मीडिया पब्लिसिटी में थीं। सोचती हूँ, मैं भी फिर काम शुरू कर दूँ। घर में बोर होती रहती हूँ।''

''नहीं,'' हर्ष ने कुछ कठोरता से कहा, ''तुम कहीं नहीं जाओगी।''

इंदुजा ने शरारत से कहा, ''प्यार-मुहब्बत में सात लीवर का ताला नहीं लगाया जाता हर्ष! मैं तो वह प्रत्यक्ष प्रदर्शन वाला काम बड़ा मिस करती हूँ।''

हर्ष ने उसे पकड़कर झँझोड़ दिया, ''तुम्हें प्रदर्शन का चस्का लगा है। बताओ, दर्शन से तुम्हारा क्या रिश्ता है? उसने कैसे जाना, यह तुम्हारी पीठ की तस्वीर है?''

''पागल हो, मैं क्या जानूँ! दर्शन तुम्हारा दोस्त है। मैं क्या तुम्हारे दोस्तों को पीठ दिखाती फिरती हूँ?''

''हो सकता है, उसने तुम्हें नहाते देख लिया हो। लापरवाह तो तुम हो ही।''

''हर्ष, तुम मनोरोगी की तरह बोल रहे हो। बाथरूम में दरवाज़ा नहीं है, पर पर्दा तो है न! और सारे दिन तो तुम घर पर ही होते हो।''

हर्ष पर कोई तर्क असर न कर सका। वह विषादग्रस्त हो गया। सफलता के बावजूद वह गुमसुम रहने लगा। लोग इस मौन को उसकी संवेदना और गरिमा से जोड़ रहे थे। आए दिन पत्रकार उसका साक्षात्कार लेने आते। वह अपनी अन्य सभी तस्वीरों पर बोलता, लेकिन पुरस्कृत तस्वीर 'पीठ' पर चुप लगा जाता। उसे लगता, मीडिया उसका जीवन उघाड़ने का षड्यंत्र रच रहा है।

बोहनी

नया शोरूम बनकर तैयार था।

भोला महाजन ने दोनों बेटों को डाँटकर समझाया, ''पैंतालीस लाख रुपए इस नई दुकान में घुस गए। इसी से निकालने हैं। छह रोज़ बाद धनतेरस है। समझ लो, सारा शुभ लाभ इसी में पता चल जाएगा। इससे बड़ा कोई त्योहार नहीं होता हमारा। अब मैं यह न देखूँ कि तुम लोग दुकान नौकरों पर छोड़कर सिविल लाइंस का चक्कर लगाने निकल जाओ। लोग भले ही कहें, सुनार किसी का सगा नहीं होता। सच तो यह है कि सुनार का कोई सगा नहीं होता। पुराने से पुराना आदमी भी गच्चा दे जाता है। मैंने रत्ती-रत्ती मर-मरकर कमाया है। तुम दोनों भाई स्कूल चले जाते। मैं पालथी मारकर गद्दी पर बैठा रहता। क्या तो दुकान थी तब! चौक के मोड़ पर नाली के ऊपर छोटी-सी गुमटी थी। आगे काँच का छोटा-सा शोकेस और गल्ला रखने को यह काला काठ का बक्सा। तब न मुनीम था, न चौकीदार। अकेले दम मैं सँभालता था सारा जोखम।''

''पापा, नए शोरूम में ये दो चीज़ें ही खटक रही हैं। आपने चमचमाती तिजोरी के नीचे यह काला बक्सा रखवा दिया है और उसके बगल में शोकेस।''

''यह काला बक्सा नहीं, कुबेर है, कुबेर। तुझे क्या पता बीनू, यह कितना भागवान है। अरेरन रकम इसमें आती रही। पिछवाड़े की झुग्गी बस्ती से तमाम औरतें आया करतीं। उनके झुमके, झाले, पायल, ज़ंजीर सब इसमें समा जाते। सूद पर पैसा ले जाती थीं बेचारी। ज़्यादा असामिनें तो अपनी रकम छुड़ा ही न पातीं।''

बीनू और मनोज की रुचि अतीत-गाथा सुनने में नहीं थी। वे वर्तमान के वैभव से संतृप्त थे। दोनों की शादियाँ हो चुकी थीं। उनकी पत्नियाँ अच्छी गृहिणियाँ थीं। पर बीनू को यह बात कुछ निराश करती थी कि उसकी माँ, भाभी और पत्नी तीनों कॉर्बन कॉपी जैसी थीं—एक-सी गोरी, गुमानभरी और गुस्सैल। तीनों

की देह स्थूल थी। तीनों उच्च रक्तचाप से परेशान रहती थीं और तीनों में ज़ेवरों को लेकर ज़बरदस्त होड़ थी। ऐश्वर्या राय और शिल्पा शेट्टी को गहनों की मॉडलिंग करते ये भाई देख चुके थे। मनोज तो नहीं, पर विनोद मुखर रूप से यह कहता था कि गहने सिर्फ उन्हीं महिलाओं के लिए होते हैं, जिनका वज़न और उम्र चालीस से नीचे हो।

मनोज हँस देता, ''यार, दस-पाँच बाट और बढ़ाओ, नहीं तो सारी औरतें नंगी-बुच्ची रह जाएँगी। बिज़नेस अलग चौपट हो जाएगा।''

बीनू कहता, ''मैंने तुम्हें गोल्डन रूल बताया है।''

कुछ दिन तो वे दोनों दुकान पर दिल लगाकर बैठे। भोला महाजन का निर्देश भी था कि हर वक्त दोनों भाई दुकान में मौजूद रहें। लेकिन जल्द ही दोनों भाइयों ने बारी बाँध ली। सुबह ग्यारह से चार मनोज शोरूम सँभालता और चार से आठ विनोद। बीच में भोला महाजन कभी भी आ जाते। कोई भी भाई अपने शोरूम से बहुत दूर न होता। या तो लकी कॉर्नर पर आइसक्रीम खा रहा होता या जैन पान भंडार पर पान के बीड़े बँधवा रहा होता। पिता को देखते ही वह वापस शोरूम पहुँच जाता और कहता, ''पापा, आपके लिए स्पेशल पान लगवाकर लाया हूँ।''

भोला महाजन समझते सब थे, पर अब वे एक तरह से अवकाश ग्रहण कर चुके थे। उन्हें मंद रक्तचाप की शिकायत थी। पहले उनका रक्तचाप बहुत ऊँचा-नीचा होता रहा था, इससे उनके हाथों का संतुलन प्रभावित हो गया। दायाँ हाथ हर वक्त काँपता रहता। दूसरे, उनके घरेलू पारंपरिक व्यावसायिक तरीके नए किस्म के ग्राहकों के लिए अनुपयुक्त हो चुके थे। ज़्यादातर वे चुपचाप अपने काले बक्से के पीछे बैठे रहते, लेकिन उनकी आँखें सख्त मुआयना करती रहतीं। दुकान के अंदर घुसते हुए ग्राहक की हैसियत वे फट से ताड़ जाते। आँखों ही आँखों में वे लड़कों को जता देते।

लगन और त्योहार के दिनों में ज़्यादा व्यापार होता। तब घूमने-फिरने की मस्ती भूलकर मनोज और विनोद पूरे समय भोला महाजन के साथ शोरूम में व्यस्त रहते।

इन तीनों के मुँह पान से भरे रहते। भोला ज्वैलर्स के शोरूम में आमने-सामने की दीवारें तो शीशे की थीं ही, ऊपर की छत भी शीशे की थी। पान चुभलाते हुए उन तीनों की परछाइयाँ ऐसी लगतीं, जैसे तीन बैल जुगाली में मगन हों। तीनों ने अपनी सीट के पास स्टील का पीकदान रख छोड़ा था। ग्राहक के आने

पर पान थूकना पड़ जाता। उसके जाते ही नया बीड़ा मुँह में पहुँच जाता। सेवक धनीराम को हिदायत थी कि जब कोई पायेदार ग्राहक आए तो उसे तश्तरी में पान और पानी ज़रूर पेश किया जाए। सुबह शोरूम की झाड़-पोंछ के बाद जब सारे बल्ब और ट्यूबलाइटें जला दी जातीं, तब शोरूम जगमगा उठता। हेलोजन बल्बों की रश्मियाँ, स्वर्णाभूषणों की चमक के साथ टकराकर जादू-लोक रच डालतीं, कुछ इस तरह कि पहली बार अंदर आने वाला ग्राहक हक्का-बक्का रह जाता। तब मनोज का परंपरागत अभिवादन, 'नमस्ते मैडम, आइए, आइए।' उनका स्वागत कर उन्हें आश्वस्त करता कि वे सही जगह आई हैं। शोरूम लाख आधुनिक था, पर भोला महाजन कुछ टोटके अभी भी मानते थे। सभी व्यापारियों की तरह वे बोहनी को बहुत महत्त्व देते। उनका मानना था कि अगर दिन का पहला ग्राहक सध जाए तो दुकान का सारा दिन सीधा सधा रहता है। इसी तरह उनका खयाल था कि दुकान बढ़ाने से पहले आखिरी ग्राहक पर खास ध्यान देना चाहिए। उसके सामने एक से ज़्यादा केस खोलकर नहीं सजाने चाहिए।

पिछले कुछ महीनों से शहर में लूट और डकैती की वारदातें यकायक बढ़ गई थीं। चार में से तीन डकैतियाँ ज़ेवरों की दुकानों पर ही पड़ीं। ढर्रा सभी में एक-सा था। डकैत जीन्स, टी-शर्ट में ग्राहक की शक्ल में दुकान में घुसे, रकम देखने के बहाने गहनों के केस खुलवाए, जेब से मोबाइल फोन निकालने के साथ-साथ कट्टा निकाला और दुकान के स्वामियों को आतंकित कर सारा माल समेटकर ले गए।

भोला महाजन जब ज़्यादा अस्वस्थ होते, शोरूम पर न जा पाते। बिस्तर पर लेटे-लेटे वे बेटों को हिदायतें देते रहते, "यह न सोचो कि तुम्हें सब कुछ आ गया है। अपने को बड़ा चंट समझते हो, पर चोर-लुटेरे तुमसे ज़्यादा चंट हैं। यह विनोद तो एक आँख टी॰वी॰ पर रखकर दुकानदारी करता है। किसी दिन ऐसा धोखा खाएगा कि पूछो मत।"

"कभी आज तक मेरी वजह से कुछ लुटा?" विनोद कहता।

"नहीं लुटा तो लुट जाएगा। कितनी बार तुम्हें बताया है, ग्राहक के आगे से केस उठाते समय ही माल की देखभाल करो। और आखिरी ग्राहक पर तो खास नज़र रखो।"

मनोज ने कहा, "पापा, आप परेशान न होइए। मैं जो हूँ न।"

मंगलवार को शोरूम दो दिन के अंतराल पर खुला था। रविवार को तो साप्ताहिक बंदी रहती ही थी, सोमवार को वैट के विरोध में सारा बाज़ार बंद

रहा था। आज भोला महाजन की तबीयत कुछ सँभली हुई थी। वे भी ग्यारह बजे तक शोरूम में आ गए और मसनद के सहारे अपनी जगह पर बैठ गए। धनीराम ने शोरूम झाड़-पोंछकर चमका दिया। बिजली जलने पर शोरूम जगमगा गया। बारह छोड़ एक बज गया, पर एक भी ग्राहक नहीं आया। भोला महाजन का नियम था, बोहनी के बाद ही दोपहर के भोजन के लिए उठते।

"रोज़ तो बाज़ार बंद रहता है, ग्राहक आए भी तो कब!" वे बोले।

विनोद ने कोई उत्तर नहीं दिया। वह घड़ी देखने लगा। उसका इरादा था कि कामधेनु में जाकर मैंगोशेक पिया जाए। वह मौका ढूँढ़ रहा था।

मनोज ने कहा, "सोना दिन पर दिन महँगा हुआ जा रहा है। ग्राहक आएगा तो बेचने वाला आएगा, खरीदने वाला नहीं।"

तभी दुकान का फाइबर ग्लास का दरवाज़ा ठेलकर दरबान ने तीन ग्राहकों को अंदर प्रवेश दिया। तीनों महिलाएँ थीं, पर देखने से साफ मालूम हो रहा था कि दो का जोड़ा अलग था। जो अकेली महिला थी, उसने अंदर बढ़ते हुए बड़े आत्मविश्वास से नकियाए स्वर में कहा, "आपके हयाँ कोई फोंन नईं उठातां, क्यों?"

"आइए, आइए," भोला महाजन ने स्वागत किया, "फोन आज सवेरे से खराब है।"

भोला महाजन तीसरे काउंटर पर बैठ गए।

दोनों लड़कियाँ कुछ क्षण ठिठककर पहले काउंटर की कुर्सियों पर चली गईं। पहली वाली सलवार-सूट में थी। उसका रंग दबा हुआ था, पर नक्श खुले हुए। वह बेहद दुबली बल्कि कमज़ोर दिख रही थी। उसके बाल तरतीब से खुले और तराशे हुए थे। शोरूम की जगमग रोशनी का असर उसकी काली, काजलरेखित आँखों पर पड़ रहा था और वे खरीदारी के चाव से चमक रही थीं। दूसरी लड़की ने हैंडलूम की सूती साड़ी पहनी हुई थी। बालों का नीचा जूड़ा उसके व्यक्तित्व को गंभीरता का पुट दे रहा था। विनोद ने उन्हें अपने काउंटर के सामने रखी कुर्सियों पर बैठने के लिए इशारा किया। साड़ी वाली लड़की ने कहा, "चेन लेनी है। शुद्ध सोने की दिखाइएगा।"

विनोद कहते-कहते ज़ब्त कर गया कि इस दुकान में सोने के अलावा और कोई धातु मिलती भी नहीं है।

अब पहली वाली लड़की ने ज़ुबान खोली, "देखिए, चेन बहुत मोटी न हो, नाज़ुक-सी हो, हमारे लायक।"

बड़ी लड़की ने अपने चश्मे में से छोटी की तरफ आँखें तरेरीं, ''ज़्यादा बोलने की ज़रूरत नहीं है। पहले चीज़ तो देख लें।''

विनोद ने पाया, दोनों लड़कियों की आवाज़ में भी अंतर था। छोटी की आवाज़ अभी कच्ची थी, जबकि बड़ी की आवाज़ अध्यापिकाओं जैसी गुरुगंभीर।

विनोद ने उनके सामने वह केस खोलकर रखा, जिसमें आधे से तीन तोले तक की ज़ंजीरें रखी थीं।

चेन को देखने में भी वरिष्ठता-क्रम चल रहा था। बड़ी लड़की एक चेन को उलट-पलटकर देखती, फिर उसे छोटी लड़की को देती।

छोटी लड़की एक छोटा-सा उच्छ्वास लेती, ''कितनी सुंदर है न!''

बड़ी भृकुटि चढ़ाकर उसे देखती, फिर उसके हाथ से चेन लेकर वापस केस के हुक में फँसा देती।

अब वे आखिरी हुक में फँसी ज़ंजीर देख रही थीं। इनके नग एकदम हलके और नाज़ुक थे। इनकी गढ़त बहुत बारीक थी। इनमें लटकन या पेंडेंट भी छोटे और कलात्मक थे।

एक चेन को देखते ही छोटी लड़की मचल गई, ''दीदी, हम यही लेंगे। कितनी प्यारी है यह!''

बड़ी लड़की ने हाथ में लेकर उसे परखा, फिर छोटी की ओर बढ़ाया।

छोटी ने प्रशंसाभरी नज़र चेन पर डाली और बड़े नरम स्पर्श से उसका हुक खोलने की कोशिश करने लगी।

विनोद ने इस बीच मुँह का पान थूक दिया था। हलका होकर उसने कहा, ''लाइए, मैं खोल दूँ।''

विनोद ने हुक खोलकर चेन छोटी लड़की को थमा दी। साथ ही शोरूम का सबसे सुंदर, नक्काशीदार, शीशे का छोटा स्टैंड भी उसके आगे रख दिया। बोहनी की अपनी इस कमसिन ग्राहक के लिए मन में विनोद बड़ा लगाव महसूस कर रहा था।

छोटी लड़की की साँवली, सुराही-सी पतली, लंबी ग्रीवा में चेन कुछ ऐसे सज गई, जैसे बस इसी के लिए इस आभूषण की रचना हुई हो। चेन का पेंडेंट ठीक उस जगह ठिठककर टिका था, जहाँ से पहाड़ चढ़ाई चढ़ते हैं और घाटी गहराई उतरती है। हालाँकि यहाँ के उतार-चढ़ाव बनने में दो-एक साल की अभी देर थी।

विनोद ने कल ही टी॰वी॰ पर हीरों के एक विज्ञापन में ऐश्वर्या को देखा

था। उसे लगा, हीरे से ज़्यादा सामर्थ्य सोने में है। यह दमकता भी है और दमकाता भी।

दर्पण में सज्जित ग्रीवा का दर्प छलका पड़ रहा था। लड़की ने दर्पण से थोड़ा हटकर देखा, फिर गर्दन बाँकी कर पहले बाईं, फिर दाईं चितवन से देखा। तीव्र रोशनी वाले बल्बों में चेन उसकी गर्दन में सूर्य की पहली किरण जैसी लग रही थी।

''कैसी लग रही है?'' लड़की के मुँह से निकला।

उसके साथ की लड़की बड़े ध्यान से तीसरे काउंटर की कार्यवाही देख रही थी, जहाँ दो-दो लोगों से भी एक ग्राहक सध नहीं रही थी।

विनोद ने कहा, ''बहुत फब रही है आप पर।''

लड़की किंचित् मुस्कराई। उसकी आँखों में जैसे बल्ब जल उठे।

तभी बड़ी लड़की का ध्यान वापस अपने काम पर लौटा। उसने कहा, ''मुन्नी, चेन उतरवाकर तुलवाओ तो, कि बस डाले रहोगी गले में!''

छोटी लड़की ने तुरंत आज्ञा का पालन किया।

विनोद ने उसके हाथ से चेन लेकर अपने काउंटर के नीचे रखे बैलेंस पर तौली और तौल का मिलान उस छोटे से टैग से किया, जो उसने चेन पेश करते समय निकाल लिया था। मिलान सही था।

''कितने भर है?'' बड़ी लड़की ने पूछा।

''पाँच ग्राम की है।''

''कितने की हुई?''

विनोद ने कैलकुलेटर पर कुछ नंबर दबाए, नज़र उठाकर आज के भाव से गुणा-भाग किया और कहा, ''अट्ठाईस सौ समझिए।''

''क्या?'' बड़ी लड़की का मुँह अचरज से खुल गया, ''यह हलकी-सी चेन अट्ठाईस सौ की? है क्या इसमें? फूँक मारो तो उड़ जाए।''

विनोद चुप बैठा देखता रहा कि छोटी लड़की की प्रतिक्रिया क्या होती है?

छोटी ने अफसोस से कहा, ''यह तो बड़ी महँगी है।''

विनोद ने और भी अफसोस से कहा, ''क्या करें? सोना इतना महँगा चल रहा है। पाँच हज़ार छू गया है आज।''

''यह चेन क्या आज बनी, जो आज का दाम ले रहे हैं आप?'' बड़ी लड़की ने दुकानदार को एक बार फिर लाजवाब करने की गरज़ से पूछा।

विनोद छोटी लड़की की तरफ ध्यान दे रहा था। उसे बड़ी लड़की की

इंस्पेक्टर-मुद्रा अप्रिय लग रही थी।

"प्लीज़, ठीक दाम बताइए न!" छोटी ने इसरार किया।

"ठीक ही बताया है, पाँच ग्राम का पच्चीस सौ और बाकी तीन सौ की गढ़ाई।"

"गढ़ाई तो हमने आज तक नहीं दी।" बड़ी लड़की ने हिमाकत दिखाई।

"वह तो देनी ही होती है। आप लोग गढ़ाई नहीं देंगे तो कारीगर क्या खाएँगे?"

बड़ी लड़की ने दलील ठोंकी, "कारीगर को आप देंगे, ग्राहक इसका टैक्स क्यों भरेगा?"

विनोद ने गहनों के बाकी केस गिनती के साथ बंद करते हुए सोचा, छोटी लड़की अगर एक बार और कहे तो वह सौ-डेढ़ सौ कम कर देगा।

छोटी लड़की के चेहरे पर बेचैनी और मायूसी साफ नज़र आ रही थी। बड़ी लड़की ने चेन एक बार हथेली पर ली, "ऐसा करते हैं, इसका पेंडेंट निकाल देते हैं। हमें नहीं चाहिए पेंडेंट। अब बताइए, क्या वज़न हुआ?" बड़ी लड़की ने चेन में से फूल का छोटा-सा पेंडेंट निकालते हुए कहा।

विनोद ने चेन को फिर तौला। मुश्किल से आधे ग्राम का फर्क पड़ा था। उसने बताया।

बड़ी ने मुँह बिचकाया, "लीजिए, हमने पेंडेंट हटा दिया, फिर भी कोई फर्क ही नहीं पड़ा। ऐसे नहीं होता है।"

विनोद को ग्राहक के इस टुच्चेपन पर क्रोध आ रहा था, पर किसी तरह अपने पर काबू रखकर उसने कहा, "मैडम, आजकल चार रत्ती का भी पेंडेंट बन जाता है। ऐसी चीज़ें फैशन में हैं।"

बड़ी ने कहा, "हमने पहले ही आपसे हलकी चीज़ दिखाने को कहा था। हमें कोई शादी-ब्याह वाला ज़ेवर नहीं चाहिए।"

"हलकी ही तो दी है। पाँच ग्राम से कम में क्या ज़ंजीर बनेगी, आप ही सोचिए।"

इतनी देर में भोला महाजन ताड़ गए थे कि विनोद इस सौदे में कुछ ज़्यादा ही उलझ रहा है। उन्होंने ज़रा तुर्श लहजे में उसे आवाज़ दी, "विनोद बाबू, आप ज़रा आंटी को ज़ेवर पसंद करवाएँ, मनोज बाबू आपका काउंटर देख लेंगे।"

यह एक तरह का आदेश था। भोला महाजन नाराज़ी के समय लड़कों को 'बाबू' जोड़कर पुकारते। उन्होंने समझ लिया था कि पहले काउंटर की खरीदार

में जेब का दम नहीं है। उन्हें लगा, उनका ढब्बुस छोटा बेटा कभी दुकानदारी के गुर नहीं सीखेगा। पाँच ग्राम वाले ग्राहक पर तिहाई घंटे से जुटा हुआ है, जबकि यहाँ तगड़ी असामी हाथ आई है।

असामी इस वक्त भोला महाजन से कह रही थी, ''ज़रा और मोटी ज़ंजीर दिखाइए लाला जी! गले में पड़ी दिखे तो सही कि कुछ पहना है।''

मोटी औरत के मोटापे में मैदे के लौंदे का ढीलापन और गोराई दोनों शामिल थीं। उसकी कमर और कूल्हों पर चर्बी के टायर इस कदर चढ़े थे कि वह किसी टायर-कारोबारी की बीवी नज़र आ रही थी। इस ठंडे शोरूम में भी उसके ब्लाउज़ पर पसीने के छापे बने हुए थे। उसकी मिस्चिफ सुगंध और पसीने की गंध अजब घालमेल से पूरे शोरूम में फैल गई थी। उसकी ग्रीवा, जिसके लिए इतनी देर से आभूषण का अनुसंधान हो रहा था, अलग से अपना अस्तित्व सिर्फ ज़ंजीर के सहारे दिखा रही थी अन्यथा वह ऊपर जाकर उसकी ठोड़ी के साथ और नीचे वक्षप्रदेश के साथ मिली हुई दिख रही थी। उसकी उम्र पचास से साठ के बीच कहीं खड़ी थी, मगर उस पर चर्बी का पर्दा पड़ा हुआ था।

भोला महाजन अब तक सेफ और काउंटर के बीच उठते-बैठते थक चुके थे। सामने कई केस खुले रखे थे, पर ग्राहक को कोई भी आइटम पसंद नहीं आ रहा था। भोला महाजन का एक पैर बीच-बीच में सो जाता था, इससे वे बहुत परेशान थे।

मोटी औरत का ध्यान अब काउंटर के शीशे के नीचे लगी ज़ंजीरों की तरफ चला गया।

''ये तो आपने दिखाई ही नहीं!'' उसने कहा।

''ये आपकी शान के काबिल नहीं हैं बहन जी!'' भोला महाजन ने कहा।

''आप हमें पुरानी चाल के गहने दिखा रहे हैं। नए डिज़ाइन दिखाइए।'' भोला महाजन फिर काउंटर से उठंग हुए। मन ही मन वे दाँत पीस रहे थे, 'एक घंटे से ग्राहक वर्जिश करवा रही है। बोहनी की कसम, कम से कम हज़ार का झटका दूँगा।'

मनोज अब तक पहले काउंटर पर आ गया था। इस समय छोटी लड़की पतली सोने की चेन हथेली पर रख उँगलियों से सहलाते हुए कह रही थी, ''सोना इतना महँगा क्यों है?''

विनोद सवाल के भोलेपन पर हँस दिया। तत्काल उसे अपने कत्थई-पीले दाँतों पर शर्म आ गई। यह पान की लत पिताजी से लगी-लगी उस तक आई थी।

मनोज ने मुँह ऊँचा कर पान सँभाला और कहा, ''अभी क्या है, अभी तो और महँगा होगा।'' फिर उसने विनोद को इशारा किया कि दूसरे ग्राहक पर ध्यान दे।

मन मारकर विनोद तीसरे काउंटर पर सरक गया। अभ्यासवश उसके हाथों ने पिता से नया केस लेकर नकचढ़ी ग्राहक से कहा, ''यह देखिए मैडम, स्पेशल चीज़ दिखाता हूँ। किसी और के ऑर्डर की है, पर आप ले जाइए, हम दूसरी बनवा लेंगे।''

ग्राहक के तेवर कुछ सीधे हुए। उसने चेन हाथ में ली।

वास्तव में इस चेन में तीन मोटी लड़ें ऐसे गुँथी हुई थीं कि यह नागमणि डिज़ाइन की विशिष्ट और पारंपरिक चीज़ बन गई थी। जब कारीगर दिनेश यह चेन लाया था, भोला महाजन ने उसे डपटा था, 'यह गाय के गले की ज़ंजीर क्यों बनाकर लाया है तू?'

'अरे मालिक, पिछले हफ्ते तीन-चार सेठानियों के गले में हमने इससे भी मोटी ज़ंजीर देखी। यही डिज़ाइन। लोगों के पास पैसा बरस रहा है। इत्ते पैसे को कैसे सहेजते हैं? गहने गढ़ा के न!'

भोला महाजन ने बेमन से वह मोटी चेन रख ली थी। साथ ही दिनेश को हिदायत दे दी कि अगर यह न बिकी तो इसका मेहनताना वे नहीं देंगे।

ग्राहक ने कहा, ''हाँ, यह कोई चीज़ हुई।'' उसने चेन का चौड़ा, मोटा अटकन खोलकर चेन पहनी और गोल शीशे में उस पर हाथ थपथपाकर बोली, ''कैसी लग रही है?''

अभ्यासवश विनोद ने उत्तर दिया, ''बहुत फब रही है आप पर।''

आगे के काम बहुत मुस्तैदी से हो गए। चेन का वज़न चालीस ग्राम, चेन का दाम गढ़ाई समेत इक्कीस हज़ार, मखमल का आभूषण केस, सौ-सौ के नोटों की दो गड्डियाँ, दो नोट पाँच सौ वाले।

ग्राहक ने लापरवाही से केस अपने बड़े-से पर्स में डाला और हलकी-सी कराह के साथ उठ खड़ी हुई। एक बार बैठने के बाद उठना उसके लिए तकलीफदेह होता था।

मनोज ने अपने काउंटर के सभी डब्बे सहेज लिए थे और उन्हें तिजोरी में यथास्थान रख रहा था।

लड़कियाँ जा चुकी थीं।

विनोद ने भाई से पूछा, ''क्यों, सौदा हुआ?''

"नहीं, उनके पास उतने पैसे ही नहीं थे। वे एक हज़ार रुपए लेकर आई थीं। मैंने उनसे कहा कि पाँच सौ में तो आजकल नकली चेन आती है, हज़ार में असली कहाँ से आएगी?"

"फिर?"

"बड़ी वाली कुछ तेज़ लगती थी। वह छोटी वाली को डाँटने लगी कि तुझे क्या डॉक्टर ने कहा है कि असली सोना पहनो? उसने कहा, वह सामने फैशन प्वॉइंट से पचास रुपए में चेन खरीदवा देगी।"

तभी पिता ने कड़कड़ाता हुआ सौ-सौ का नोट दोनों भाइयों को दिया, "यह तुम्हारा इनाम। आज बोहनी अच्छी हुई है।"

विनोद को लगा, आज बोहनी खराब हुई है।

भोला महाजन ने चाबियाँ मनोज के हवाले करते हुए भोजन के लिए घर जाने का रुख किया। जाते-जाते रुककर वे बोले, "बीनू, तुम खामखा टाइम खराब कर रहे थे उस ग्राहक में। तुम्हें इतनी तो समझ होनी चाहिए कि पैसा सिर्फ अधेड़ और बूढ़ी औरतों के पास होता है। ये छोकरियाँ तो घर से मौज-मस्ती के लिए निकलती हैं। उसे क्या कहते हैं, विंडो शॉपिंग करके वक्त काटती हैं। इन्हें कुछ खरीदना कहाँ होता है। बोहनी के समय सबको मुस्तैद रहना चाहिए।"

❑❑